환영합니다, 덕후님들

환영합니다, 덕후님들

초판 1쇄 인쇄 | 2021년 3월 15일
초판 1쇄 발행 | 2021년 3월 29일

지은이 | 둠 둠
발행인 | 이승용

편집주간 최윤호
북디자인 이영은 | **홍보영업** 백광석

브랜드 내가 그린 기린
문의전화 02-518-7191 | **팩스** 02-6008-7197
홈페이지 www.checkinsa.com
이메일 midas_bear@naver.com

발행처 (주)책인사
출판신고 2017년 10월 31일(제 000312호)
값 14,500원 | **ISBN** 979-11-90067-42-3 (08300)

일곱 개의 별을 찾아 떠나는 덕후의 FLEX

환영합니다, 덕후님들

둡둡 지음

"덕후는 덕후를 알아보는 법"

덕후: [명사] 일본어 오타쿠에서 우리나라 말로 변화된 말.
자기가 좋아하는 분야에 몰두하는 사람을 의미한다.

차례

프롤로그 6

제1부

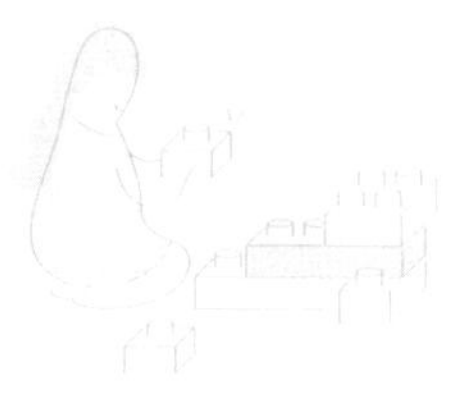

어린 시절, 누구나 한 번은 덕후였다 11

만화 순서 추천 16

애니메이션 순서 추천 20

〈드래곤볼〉의 매력 29

제2부

일성구. 만화 속으로 들어가다 : 제이월드를 만나다 65

이성구. 이번이 마지막이라는 마음으로 88

삼성구. 처음으로, 다른 덕후님들을 만나다 112

사성구. 손오공과 부르마의 마음은 어땠을까 128

오성구. 66개 역에서 만나는 드래곤볼 친구들 162

육성구. 고품격 덕후의 세계 184

칠성구. 환영합니다, 덕후님들 228

마치며 254

全参加者共通
まっすぐお進みください

prologue

어린 시절을 생각하면 매일 비디오를 빌리러 가던 기억이 떠오른다. 다른 가게들의 명칭은 딱히 기억에 남은 것이 없는데, 이상하게도 비디오를 빌려 보던 가게들의 이름은 생각이 난다.

용돈 천 원을 받아서 가장 먼저 비디오가 하나에 오백 원이었던 통나무 비디오 가게를 찾아갔다. 거기에 원하는 비디오가 없으면 영화마을, 그리고 거기에도 원하는 비디오가 없으면 마지막으로 집에서 가장 가깝지만, 대여료가 제일 비쌌던 정 슈퍼에 갔다. 이 세 가게를 돌면서 비디오로 〈드래곤볼〉을 처음 접했다. 또래보다 한글을 늦게 배웠기에 만화책은 초등학교에 입학하고 나서 따로 찾아봤다.

유치원 입학부터 초등학교의 졸업까지, 나의 유년 시절을 함께한 〈드래곤볼〉은 만화나 애니메이션의 개념을 넘어선 존재, 친구나 다름없었다.

제1부

'사이어인'이라는 표기는 한국에 처음 〈드래곤볼〉이 들어왔을 때 사용된 번역 표기로 오역된 것이다. 이 책에서 '사이어인'이라는 표현 대신 '사이야인'으로 표기한 이유는 오역을 정정하고 싶다는 이유보다는 원작의 느낌을 강조하고 싶기 때문이다. '야채'라는 원어의 발음은 '야사이'이다. 저자가 본 비디오의 발음도 '어'보다는 '야'에 가깝다. '초 사이어인'이라는 표기는 볼 때마다 이질감이 들어 저자에게 친숙한 '사이야인'으로 표기하기로 했다. 그 외의 대사, 캐릭터 명은 〈드래곤볼〉 '총집편'에 있는 것을 따랐다.

어린 시절 누구나 한 번은 덕후였다

〈호호 아줌마〉, 〈란마 1/2〉, 〈젠키〉, 〈슬램덩크〉 등 어린 시절 좋아했던 만화들은 수도 없이 많다. 하지만 과거 완료형인 다른 만화들과 달리 〈드래곤볼〉은 현재 진행형이다. 그 이유가 무엇일까? 나이가 들어 생각해 보니 〈드래곤볼〉은 당시 7세였던 내가 보면 안 됐던 선정적인 장면도 나왔다. 어린 내가 '뭐지, 이 만화는 내가 봐도 되는 건가?' 하면서 봤던 몇몇 장면이 기억난다. '다음 편을 빌려야 할까, 말아야 할까?' 하고 7살 인생 첫 고민을 겪었다.

〈드래곤볼〉이 유독 기억나는 건 다른 만화에는 없는 '추억'이 있기 때문일지도 모른다. 내가 초등학교 고학년일 때쯤 SBS에서 〈드래곤볼〉이 방영되었다. 당시에는 〈드래곤볼〉이 한국어로 방영되었기 때문에 한국 만화인 줄 알았다. 첫 방영 날, 내가 빌려 보던 비디오와 다른 목소리, 다른 오프닝인 것에 "이건 말도 안 돼! 이건 가짜야!" 하고 격분을 했다. 이미 비디오로 〈드래곤볼〉을 다 봤던 나는 SBS에 나오는 〈드래곤볼〉은 가짜라며 보지 않는 것을 고집했다.

그때 또래들 사이에선 〈드래곤볼〉 붐이 일었었다. 그래도 나는 〈드래곤볼〉 이야기를 하는 남자애들 무리에도 끼지 않고, '드래곤볼 쎄쎄쎄 놀이'에도 동참하지 않았다. 친하지 않은 이유도 있지만, '너희가 보는 〈드래곤볼〉과 내가 보는 〈드래곤볼〉은 다른 거야.' 하며 홀로 우월감에 취해 있었던 것 같다. 조용히 노는 모습을 구경했던 추억이 있다. '드래곤볼 쎄쎄쎄 놀이'는 알고는 있어도 단 한 번도 하지 않았던 추억의 놀이였는데, 2019년 청년세대 놀이문화 재생프로젝트의 제1회 쎄쎄쎄 대회 때 기회가 되어, 구경만 했었던 추억의 놀이를 10년이 넘는 시간이 흘러서야 해 볼 수 있었다.

같은 만화책을 계속 빌려서 보다가 용돈을 모아 시리즈 중에 좋아하는 '마인부우편'을 문방구에서 한두 권씩 구매했다. 그때 모았던 책은 36-40권으로 다 모으기까지 얼마 안 남았다는 생각에 마음이 부풀었었다. 그 소중한 만화책들이 한낱 종잇장으로 전락한 날이 생생하다. 친구와의 싸움 때문이었다. 그때 온종일 울면서 종이 쪼가리들을 테이프로 하나하나 다시 붙이다가 포기하고 다시 울었던 기억이 난다. 눈물 젖은 만화책 추억이랄까? 찢어진 것이 괜히 미안해서 만화방이 폐점할 때마다, 구매할까 말까 망설였다. 하지만 너덜너덜해진 만화책을 구매하고 싶지는 않았다. 나중에 돈 모아서 〈드래곤볼〉은 깨끗한 책으로 소장하리라 결심했다.

중학교에 들어가서야 한국 만화인 줄 알았던 〈드래곤볼〉이 일본 만화였던 것을 알았다. 일본어를 배운 계기는 〈건담 시드〉라는 책 때문이었지만, 또 다른 목표가 생겼다. 〈드래곤볼〉을 원어 그대로 이해하고 싶었다. "일본어 JLPT 1급을 따면 전권을 사야지." 다짐했다. 안타깝게도 아직까지 구매는 못 하고 있다.

돈을 쓸 수 있는 시기가 되면 무삭제판으로 새로 모으려고 만화방에서 먼저 빌려서 봤다가 실망한 기억도 있다. '물로 보지 마'를 시작해서 알지 못하는 유행어가 계속 나왔다. 개그 프로그램을 보지 않아 유행어 대사에 거부감이 들었다. '이건 내가 아는 〈드래곤볼〉이 아니야!' 실망하고서 한국판 〈드래곤볼〉은 다시는 사지 않겠다는 마음을 먹었다.

시간이 흘러 20대 중후반이 되었을 때, 우연히 헌책방에서 1996년도에 판매된 〈드래곤볼〉 39권을 발견했다. 내 손으로 찢고 다시 붙이려다 실패했던 편이었다. 마인부우가 탄생하던 순간의 장면이 생각나 '그래 구판만큼은 한국판으로 구매하자…' 하고 구매했다. 편하게 1~42권을 한 번에 사서 소장하기보다는 어릴 때처럼 한 권, 한 권 구매하며 기쁨을 느끼고 싶었다. 그러면 한 권 한 권이 또 다른 추억으로 남을 것 같았다. 그 후로는 어디에 놀러 갈 때마다 헌책방 위치를 먼저 검색했다. 전부 다 모으지는 못했지만, 그래도 꽤 권수가 찼다.

헌책방에서 〈드래곤볼〉 만화책을 발견했을 때의 기쁨과 같은 만화책이라도 좀 더 깨끗한 책을 골랐을 때의 뿌듯함은 말로 다 표현할 수 없었다. 그 과정이 즐거웠다. 구판 1~42권 중 15~18권을 제외, 초반 2, 5, 12~23권, 극장판 컬러 1~13권을 소장하게 되었다. 그리고 2019년 〈드래곤볼〉 극장판 '브로리'가 한국에 상영됐을 때 롯데시네마에서 하는 이벤트에 당첨되어 '총집편'

전 권을 소장하게 됐다. 몇 권의 책을 더 구매하긴 했지만, 새롭게 나오는 한국 책을 전부 중복 구매할 정도의 매력은 아직 발견하지 못해서 많은 양을 소장하고 있지는 않다.

만화 순서 추천

〈드래곤볼〉 시작 전 : 은하패트롤 쟈코

⇣

〈드래곤볼〉 : 구판 1~41권, 무삭제판 1~41권, 완전판 1~33권, 총집편 1~18권

⇣

〈드래곤볼〉 점프 40주년 기념판 - '안녕! 돌아온 손오공과 동료들'

⇣

〈드래곤볼 : 슈퍼〉 1~4화 - 함께 보면 좋은 극장판 '신들의 전쟁' 코믹스 책

⇣

〈드래곤볼 : 부활의 F〉 극장판 '부활의 F' 코믹스 책

⇣

〈드래곤볼 : 슈퍼〉 5화~42화

: 새롭게 이어가는 〈드래곤볼 : 부우〉 이후의 에피소드 〈드래곤볼 : 슈퍼〉

*42화 3분의 2지점

⇣

〈드래곤볼〉 극장판 '브로리' - 극장판 '브로리' 코믹스 책

⇣

〈드래곤볼 : 슈퍼〉 42화~

: 새롭게 이어가는 〈드래곤볼 : 부우〉 이후의 에피소드 〈드래곤볼 : 슈퍼〉

*42화 3분의 2지점

⇣

〈드래곤볼〉 518화 : 원작 〈드래곤볼〉의 마지막 페이지

〈드래곤볼〉을 처음 시작할 때 어떤 것부터 보면 좋을지 궁금한 사람들이 많다. 우선은 흔히 알고 있는 〈드래곤볼〉이라는 이름이 붙은 어떤 버전으로 번역만 다른 다 같은 내용인 〈드래곤볼〉 만화책을 기준으로 보는 것이 좋다. 〈드래곤볼〉 만화책을 중심으로 프리퀄(전편보다 시간상으로 앞선 이야기를 보여주는 속편)들과 외전 그리고 지금 나오는 〈드래곤볼 : 슈퍼〉를 보면 좋다. 드래곤볼 프리퀄인 '은하패트롤 쟈코'는 은하패트롤 대원인 쟈코가 등장하는 단편 만화이다. 후에 어린 시절의 부르마가 등장하고, 버독의 이야기로 손오공이 지구에 오는 계기와 그동안 나이 불명한 손오공의 정확한 나이를 알 수 있다. 〈드래곤볼〉의 시작을 가볍게 읽어 보면 좋다.

〈드래곤볼〉은 계속 재발매되었다. 초판, 구판, 무삭제판, 완전판, 총집편판, 컬러판 등, 각자 가지고 있는 판에 따라 517화 끝부분과 518화를 남겨 둔 채 다음 에피소드들을 즐겼으면 좋겠다. 〈드래곤볼 : 슈퍼〉가 시작하기 전 점프 40주년 기념판으로 나왔던 '마인부우편'에서부터 2년 후의 ova가 나온다. 이 작품에서는 전투력이 낮아 다른 별로 보내진 베지터의 동생 타브로가 아내와 함께 지구에 찾아와 프리저 일당인 아보와 카도를 처리해달라며 도움을 요청한다.

이 에피소드는 토리야마 아키라님이 스토리의 원안을 맡은 작품이다. 극장판 '신과 신(신들의 전쟁)'에서 슈퍼 사이야인 갓이 되기 위한 조건 사이야인 6명이 없었을 때, 부르마가 "베지터 당신한테 착실한 남동생이 있었잖아." 하고 언급함으로 정사의 재확인이 되었다. 그 후 새로운 시리즈, 〈드래곤볼 : 슈퍼〉를 즐겼으면 좋겠다. 〈드래곤볼 : 슈퍼〉 코믹스가 나온 후 1권에 5화와 6화 사이에서 프리저가 등장하는 극장판 '부활의 F'가 삭제되었다는 그림이 나오고 그다음 이야기로 자연스럽게 이어진다. 그 사이는 극장판 '부활의 F'의 코믹스 버전으로 본다면 〈드래곤볼 : 슈퍼〉 32화 '모여라, 전사들! 2'에서 우이스가 설명하는 프리저 군단과의 에피소드다. "네놈은 이제 끝이다. 두 번 다시 부활하지 마라." 하고 베지터가 프리저를 이길 뻔한 순간을 볼 수 있다. ―보지 않아도 내용을 이해하는 데 문제는 없지만, 이 '부활의 F'에서 처음 등장하는 쟈코의 등장과 비루스가 사이야인들의 진정한 복수 대상자로 은연중에 언급되어 후에 대결 구도로 나오길 기대하게 된다.

〈드래곤볼 : 슈퍼〉 42화 이후 다시 한 번 정사로 인정되나, 만화에서는 삭제된 내용으로 2018년 개봉한(한국에선 2019년 2월 14일) 극장판 '브로리'이다. 극장판 '부활의 퓨전! 오공과 베지터'(투니버스 제목명: 퓨전의 부활! 손오공과 베지터)에 등장한 오지터와 극장판 '불타올라라! 열전 · 열전 · 초격전'(투니버스 제목명 : 전설의 초 사이어인이 나타나다!)에 등장하는 브로리는 정사 캐릭터는 아니었지만, 많은 팬에게 인기가 있었다. 다만 브로리라는 캐릭터는 기존 캐릭터인 브로리와 이름만 같을 뿐 기존의 모습은 찾아볼 수 없어 아쉬웠다.

하지만 극장판 '브로리'에서 브로리라는 캐릭터성 변화라든지 그동안 이해하기 어려웠던 카카로트와의 관계성, 개연성 부분이 해결됐다. 전투신이 많아서 개인적으로 오랜만에 스릴 있고 흥미진진하게 봤다. 초반에 멸망하기 전의 사이야인들의 모습과 '은하패트롤 쟈코'에 나온 버독의 에피소드가 나오는데 그동안 등장인물을 통해서만 알 수 있었던 사이야인들의 모습을 볼 수 있어 좋았다. 카카로트를 지구로 보내려고 하는 버독과 기네의 장면은 몇 번을 봐도 마음이 뭉클해진다. 가장 슬펐던 장면은 자신에게 버거운 상대인 프리저에게 맞서는 버독의 모습이다. 그 후 다시 〈드래곤볼 : 슈퍼〉 43화를 보면 된다.

애니메이션 순서 추천

〈드래곤볼〉

↓

〈드래곤볼 Z〉 1~286화 or 〈드래곤볼 Kai〉 1~157화

↓

점프 40주년 기념판

↓

〈드래곤볼 : 슈퍼〉 1~2화

↓

〈드래곤볼 Z〉 극장판 : '신과 신'(신들의 전쟁)

↓

〈드래곤볼 Z〉 극장판: '부활의 F'

↓

〈드래곤볼 : 슈퍼〉 28화~131화

↓

〈드래곤볼 : 슈퍼〉 극장판 : '브로리'

↓

〈드래곤볼 Z〉 287~291화 or 〈드래곤볼 Kai〉 158~159화

* 번외편 : 버독 스페셜(TV판, 에피소드 오브 버독), 미래 트랭크스 스페셜

〈드래곤볼〉 애니메이션은 〈드래곤볼 : 소년기〉 → 〈드래곤볼 Z〉 or 〈드래곤볼 Kai〉 → 〈드래곤볼 : 슈퍼〉를 보면 된다. 〈드래곤볼 Kai〉는 〈드래곤볼 Z〉의 리마스터 및 재편집판으로, 'Z'에 있는 가릭 주니어와 가짜 나메크성 부분, 저승의 무술대회에 참가하는 부분이 빠지고 원작의 내용을 중심으로 편집된 것이다. 애니메이션 끝에 ova '마인부우' 2년 후를 다룬 에피소드 '안녕! 돌아온 손오공과 동료들!'이 점프 40주년으로 나온다. 단순히 40주년 영상으로 끝인 줄 알았던 이 영상은 후에 '신들의 전쟁'과 '신(신과 신)'에서 "베지터 당신한테 착실한 남동생이 있었잖아." 라는 부르마의 언급으로 공식 세계관으로 편입된다.

2013년 〈드래곤볼 : 슈퍼〉가 나오기 전 극장판 시리즈 중 처음으로 토리야마 아키라님이 직접 제작에 참여한 '신들의 전쟁'(신과 신)이 개봉한다. 그리고 2년 후 2015년 4월 '부활의 F'가 개봉 후 같은 해 7월부터 〈드래곤볼 : 슈퍼〉 애니메이션이 시작된다.

〈드래곤볼 : 슈퍼〉 애니메이션 방영 초반엔 작화 붕괴(작화의 질이 상당히 떨어졌음을 뜻함)라는 평이 많았다. 〈드래곤볼 : 슈퍼〉 시작 이후에 한동안은 "〈드래곤볼〉을 좋아해!"라고 말하면

"그거 이제 작화 망한 거 아냐?"라는 답변을 듣곤 했으니 뜬소문은 아니었던 것 같다. 그래서 나는 〈드래곤볼 : 슈퍼〉 1화, 2화를 본 후 극장판 '신들의 전쟁'(신과 신), '부활의 F'를 보고 애니메이션 〈드래곤볼 : 슈퍼〉 28화 넘어와 보는 것을 추천한다. 〈드래곤볼 : 슈퍼〉가 2018년 3월 131화로 끝으로 〈드래곤볼〉 극장판 '브로리'를 보며 다음 있을 〈드래곤볼 : 슈퍼〉 2기를 기다리면 된다.

번외편

또 다른 이야기 '미래 트랭크스' 스페셜

트랭크스가 과거로 오기 전 미래의 손오반과 함께 인조인간과 싸웠던 세계를 배경으로 한다. 〈드래곤볼〉의 평행우주 이야기다. 태어나자마자 아버지 베지터와 손오공, Z전사들은 다 죽고 미래의 손오반도 죽은 평행우주 세계다. 본편에서는 볼 수 없는 비극적인 미래의 트랭크스 이야기를 토리야마 아키라님이 그린 번외 편과 설정을 약간 변경한 TV 스페셜이 있다.

미래의 트랭크스 스페셜에서 지구는 꿈도, 희망도 없는 세계이다. 모든 전사들이 죽은 암울한 세계 속에서 트랭크스는 무력하게 당하고 있는 것에 분노하고, 손오반과 함께 훈련에 임하며 지구를 지키려고 한다.

학자가 되고 싶었던 오반과 꿈을 키울 여력 없이 자란 트랭크스. 두 전사는 인조인간과 치열하게 싸우는 나날을 보낸다. 결국 미래의 손오반도 전투에 패해 죽고, 트랭크스는 슬픔에 잠길 틈도 없이 마지막 전사가 되어 싸운다. 이내 자신과 인조인간의 격차 깨달은 트랭크스는 부르마가 만든 타임머신을 타고 인조인간의 약점을 찾기 위해 희망을 품고 과거로 떠난다. 베지터를 닮아 냉정해 보이지만, 꿈도 희망도 없는 세계에서도 다정하고 올곧은 마음을 지닌 트랭크스의 스페셜을 보면 첫 등장 때 왠지 고독해 보이는 그 모습이 이해가 되어 추천하고 싶다.

버독 스페셜

TV 스페셜 캐릭터였지만, 원작에 등장할 정도로 작가에게 깊은 인상을 준 버독의 이야기이다. 307화에 손오공을 본 프리저가 "그놈이다! 혹성 베지터를 멸망시켰을 때 최후까지 저항하던 그 사이야인과 꼭 닮았어." 하며 버독의 모습을 떠올리는 장면이 나온다. TV 스페셜 '단 혼자만의 최종 결전'과 '에피소드 오브 버독'은 팬들 사이에서도 정사인지 아닌지를 두고 의견이 분분하다.

TV 스페셜은 토리야마 아키라님이 만든 스토리가 아니다. 하지만 TV 스페셜에서의 버독이 원작자 토리야마에게도 큰 감명을 주었고 그것을 계기로 버독을 코믹스에 넣었다고 한다. 토리야마 아키라님의 성격상 버독 스페셜의 이야기를 전부 기억하고 넣었다기보다는 끝까지 저항하는 버독의 이미지를 혹성 베지터의 최후가 심오하게 보이도록 하는 데 사용한 것 같다. 그 증거로 후에 '은하패트롤 쟈코'에 나오는 버독은 토리야마 아키라님의 버독으로 TV 스페셜과는 캐릭터의 성격이 다르기 때문에 정말로 TV 스페셜은 버독 캐릭터만 데리고 온 느낌이다. TV 스페셜은 버독 캐릭터가 탄생하게 된 TV판이라는 것에 추천하고 싶다.

'에피소드 오브 버독'은 과거로 날아간 버독이 슈퍼 사이야인이 된 내용으로 원작에서 다뤄지지 않은 에피소드다. 버독이 슈퍼 사이야인이 되고, 프리저 일족에게 "슈퍼 사이야인을 조심하라."는 전설이 퍼졌다는 이야기. 이 내용은 〈드래곤볼 : SSSS의 연대기〉에 '카카로트 아버지 버독은 프리저에 끝까지 저항하다 행성 베지터의 폭발에 휘말려 먼 과거로 날아간다.'라는 문구가 추가되어 많은 팬이 정사라 생각하는 작품이다. 개인적인 의견으로는 '에피소드 오브 버독'은 IF스토리로 쓰여 있고 작가도 토리야마 아키라님이 아니기에 드래곤볼 연대기에 나와 있는 한 문장을 보고 새로 이야기를 만든 것이라 생각한다. 그러나 '에피소드 오브 버독' 애니메이션은 팬들 사이에서도 의견이 분분했을 정도이니 추천하고 싶다.

〈드래곤볼 : GT〉

GT는 'Grand Touring'이지만, 팬들 사이에서는 'Gomennasai Toriyama Sensei'(미안합니다. 토리야마 선생님)라고 불리기도 한다. 디자인에 토리야마 아키라님이 참여한 〈드래곤볼 : GT〉는 애니메이션 정식 후속편이지만, 원작 〈드래곤볼〉의 정사는 아니다. 피라후 일당이 실수로 검은 별 '드래곤볼'을 이용해 손오공을 어려지게 하면서 내용이 시작된다. 이후 어려진 손오공과 손녀 팡, 트랭크스가 함께 드래곤볼을 찾는 여행을 하게 된다. 〈드래곤볼 : 소년기〉 때보다 좀 더 넓은 우주를 모험하며 그 속에서 만난 새로운 인연들의 에피소드가 전개된다. 전반적으로 아기자기한 이야기들이고 소년기 때의 느낌도 난다.

처음엔 좋아하는 캐릭터들의 등장 횟수가 적어져 아쉬웠다. 팡이 그 자리를 뺏은 것 같아 팡이라는 캐릭터가 밉기도 했다. 그런데 보다 보니 우주를 여행하면서 나오는 소소한 에피소드들이 처음 〈드래곤볼 : 소년기〉의 오공과 부르마의 여행 때를 떠올려 점점 마음이 끌렸다. 마지막에서 손오공이 신룡을 타고 오공답게 마치 잠시 다녀올 것처럼 이별을 말하며 떠난다. "오공이 있어 즐거웠다."라는 내레이션과 함께 거북하우스에서 크리링과 어린 시절 수행하던 것을 회상하며 마지막 대련하는 모습, 지옥에서 피콜로와 악수하는 모습이 플래시백 된다. 마지막으로 인사하는 친구들을 뒤로하고 오공은 신룡과 함께 떠난다. 이때 정말로 또 다른 곳에 존재할 것 같은 친구의 일대기가 마지막이구나 싶어서 눈물이 났다. 100년 후 손오공과 꼭 닮은 팡의 손자와 베지터의 자손이 대결하는 모습은 하나의 역사를 지켜본 것 같아서 가슴이 뭉클했다.

나이가 좀 더 들고 'GT'가 원작 〈드래곤볼〉의 정사가 아님을 알게 되었지만, 나는 그래도 〈드래곤볼 : GT〉 작품 자체가 좋다. 비디오를 보던 나는 〈드래곤볼 Z〉가 끝나고 바로 뒤에 'GT'가 있다는 것을 알았다. 그래서 〈드래곤볼 Z〉가 끝난 것이 아쉽긴 했지만 슬프지는 않았다. 〈드래곤볼 : GT〉가 정사이든 정사가 아니든 중요하지 않다. 〈드래곤볼 : GT〉는 〈드래곤볼〉의 또 다른 플롯으로 즐길 수 있는 작품이며 'GT'만으로도 충분히 매력이 있는 작품이다.

극장판

그동안 나온 스무 개의 극장판들은 각각 나름의 매력을 보유하고 있다. 1996년 전의 것은 원작자 토리야마 아키라가 참여하지 않아 정사라고 할 수 없다. '페렐레 월드'의 외전 격인 극장판이다. 외전 격이기 때문에 추천하지 않는다기보다는 새로 유입되는 팬들을 위해 정사인 극장판을 소개하고자 한다.

18번째 극장판 '신들의 전쟁'(신과 신)부터 토리야마 아키라가 참여하여 이 이후에 나온 극장판은 정사라고 할 수 있다. '신들의 전쟁'(신과 신)에서 언젠가 제대로 한번 다뤄 줬으면 하는 베지터의 동생 타브루가 언급되고 신 캐릭터 비루스와 우이스가 등장한다. '부활의 F'는 프리저 캐릭터가 앞으로 계속 나와도 어색하지 않도록 비중 있게 넣은 에피소드 같은 느낌이었지만, 악당 캐릭터 중 프리저를 가장 좋아하는 나로서는 이 극장판을 보기 위해 일본까지 다녀왔을 정도였다. 그리고 20번째 극장판 '브로리'는 전에 나온 극장판에 있던 브로리 캐릭터를 따 정사에 편입시킨 편이다. 아쉽게도 그 전 극장판에 등장한 브로리의 모습은 전혀 보이지 않는다. 오공과 엇비슷한 나이대였던 전의 브로리와 달리 베지터, 라데츠와 동갑또래이다. 이 극장판에서 브로리 캐릭터의 성격과 〈드래곤볼〉 세계관을 분명하게 정립되었다. 무엇보다 속 시원한 전투신 때문에 이 극장판은 몇 번을 다시 봐도 재미있다.

〈드래곤볼〉의 매력

1. 스토리가 복잡하지 않다

〈드래곤볼〉은 파면 팔수록 복잡한 세계관을 가진 애니메이션이다. 하지만 그런 세계관을 이해하지 못하더라도 〈드래곤볼〉을 보는 데는 문제가 없다. 처음 〈드래곤볼〉을 접했을 때 내 나이가 약 6~7세였다. 그때의 나에게도 어렵지 않은 만화였으니 말이다. 읽으면서 인물들 간의 관계, 배경 이야기, 인물의 성격이나 사연 등을 복잡하게 계산하지 않아도 된다. 〈드래곤볼〉은 강한 사람이 이기는 격투 스포츠 소년만화이다.

처음 〈드래곤볼〉에 나오는 소원들도 심오하지 않아 진지하게 느껴지지 않았다. 부르마는 남자친구가 생기게 해 달라는 소원, 레드리본 사령관은 키가 커지게 해 달라는 소원, 야무치는 여자 앞에 가도 얼굴이 안 빨개지게 해 달라는 소원이었다. 공감이 가면서도 어떻게 보면 유치하고 귀여운 소원들이었다. 특히 레드리본 사령관의 소원은 키가 작았던 나에게도 공감이 가는 소원이었다. 무슨 소원이라도 빌 수 있는 '드래곤볼'의 소원들이 노력하면 이룰 수 있는 것이거나 시시한 것들이라 어린 시절의 나도 깊이 생각하면서 보지 않았던 것 같다.

〈드래곤볼〉을 접했을 때 나이가 어리기도 했지만, 주인공인 손오공이 성이 손, 이름이 오공에 한국말을 하기에 중학교 전까지는 〈드래곤볼〉이 한국 만화인 줄 알았다. 후에 〈드래곤볼〉이 일본 만화인 것을 알게 되고 주인공들 이름의 뜻이 속옷, 야채, 악기, 유제품인 것을 보고 놀라웠다. 거기에 등장인물들의 이름도 연관성이 있다는 것에 한 번 더 놀랐다. 부르마의 가족은 속옷과 관련된 이름이며, 사이야인은 야채 이름이다. 프리저의 부하들은 식재료 이름이다. 처음 이 사실을 알았을 때 황당하면서도 재미있었다. 한국말로 하면 "당근아~" 하고 부르는 셈 아닌가? 캐릭터 이름의 뜻을 알게 되니 캐릭터들이 좀 더 귀여워 보였다. 단순하면서도 연관성 있는 이름들을 알고 나니, 이름을 통해 인물들 간의 관계를 알아보는 재미도 느낄 수 있었다.

2. 성장하는 선한 주인공

손오공과 부르마가 여행을 하게 된 것은 부르마의 소원을 이루기 위해서였다. 처음 소년기는 드래곤볼 구슬을 찾으러 가는 목적이 하나였다. 다음은 어디로 갈까? 궁금증을 가지며 손오공 일행과 함께 여행을 떠나는 기분에 몰입하면서 봤다.

계속해서 여행을 떠날 것이란 내 예상과 다르게 주인공 손오공이 강해지고 싶어서 수련을 하고 천하제일 무도회에 나가는 빠른 전개에 지루할 틈이 없었다. 그동안 보아온 만화의 주인공들은 처음부터 끝까지 같은 모습이었다. 그런데 〈드래곤볼〉의 오공은 피콜로 대마왕을 무찌르고 갑자기 청년 오공이 되어 나온다. '남자가 성인이 되면 저렇게 키도 커지고 잘생겨지는 건가?' 갑자기 성장한 오공의 모습은 놀라우면서도 색다른 재미로 와닿았다. 〈드래곤볼〉에는 시간의 흐름이 담겨 있다. 오공이 성장한 모습으로 등장했을 때 처음으로 시간의 흐름이 와닿았다면 두 번째는 손오공과 함께 아들인 손오반이 나타났을 때다. 처음에 자동차가 뭔지 몰라서 공격하던 작은 오공이 이제 아들을 데리고 친구들을 만나러 거북하우스에 가고 있었다. 처음 등장한 오반의 할아버지 4성구 모자를 쓴 모습이 너무 귀여웠다.

손오공의 출생의 비밀이 라테츠에 의해 밝혀지고 그가 장년이 되어가는 과정에서 어느 순간 나보다 나이가 훨씬 많아지더니 마침내 한 가정의 가장이 되어 있었다. 마치 친구의 일대기를 지켜보는 느낌이었다. 왜 다른 만화의 주인공들보다 오공이 더 좋았을까? 궁금증이 생겨 곰곰이 생각해 봤다. 손오공은 강하기도 하지만, 누구보다 순수하고 선한 캐릭터다. 주인공들은 언제나 정의를 외치며 적들과 싸웠다. 나는 그런 주인공들이 답답했다. 그래서 주인공보다는 현실적인 조력자나 적을 더 좋아했다. 〈드래곤볼〉을 성인이 되어서까지도 계속 좋아하는 이유는 〈드래곤볼〉의 주인공인 오공이 정의감 때문에 적들과 싸우는 것이 아니기 때문이다.

오공을 히어로라고 할 수 있을까? 내가 봤을 때 오공은 히어로가 아니다. 그저 자신이 좋아하는 전투를 계속했는데 천성적으로 선한 성격과 상황이 잘 맞물려서 결과적으로 히어로처럼 보이는 것뿐이라고 생각한다. 적으로 나왔던 인물들이 주인공 손오공의 선한 순수성에 조금씩 변화하는 과정을 보면 손오공이라는 캐릭터가 가진 매력이 한층 진하게 느껴진다.

3. 단순한 것 같으면서도 잘 그린 그림들

〈드래곤볼〉은 그림이 눈에 잘 들어온다. 막상 그려 보면 〈드래곤볼〉만큼 원화의 느낌을 살리기 어려운 만화도 없다. 단순한 것 같으면서도 잘 그린 것이 〈드래곤볼〉이다. 작가인 토리야마 아키라님이 영화를 좋아해서인지 액션 하나하나가 늘어지지 않고 잘 이어진다. 〈드래곤볼〉의 격투신은 구도나 연출, 전개가 시원시원하다. 만화를 보다 보면 지루한 구간도 있기 마련이지만, 〈드래곤볼〉은 지루한 에피소드가 없다. 군더더기 없이 깔끔한 것이 장점이다. 가끔 한 에피소드만 보려고 만화책을 집었다가 결국은 처음부터 끝까지 다시 읽게 될 정도다. 그만큼 흡입력이 높고 재미가 있다. 하지만 팬의 입장에서 늘어지지 않는 에피소드들이 빨리 끝나 아쉬워서 지루하더라도 일상 에피소드도 더 넣어 줬으면 할 때도 있다.

4. 주인공 외에도 매력 있는 캐릭터들

〈건담 시드〉를 좋아했을 때는 아스란 자라, 〈란마 1/2〉을 좋아했을 땐 란마, 〈이누야샤〉를 좋아했을 땐 셋쇼마루를, 〈더 파이팅〉을 좋아했을 때는 미야타 이치로를 좋아했다. 전체적인 캐릭터보다는 특정 캐릭터를 선호했다. 물론 〈드래곤볼〉에도 좋아하는 캐릭터 순위는 있다. 하지만 특정 캐릭터만 좋고 다른 캐릭터는 보기 싫은 것이 아니라 두루두루 좋아한다. 그래서 누군가 가장 좋아하는 만화를 물어보면 난 언제나, "첫 번째는 〈드래곤볼〉이야." 하고 대답한다. 〈드래곤볼〉의 캐릭터들은 모두 각기 역할이 있고 매력이 있다. 그래서 어느 한 캐릭터만을 좋아하기가 더 어렵다.

• 베지터

첫 번째 이유

〈드래곤볼〉에서 가장 큰 변화가 있는 캐릭터는 베지터다. 처음 나왔을 때의 베지터는 엘리트로 태어나 거만함과 자존감이 하늘을 찌르는 캐릭터였다. 자신이 하급전사라고 무시했던 손오공과의 대결에서 무승부를 받았다(실제로 손오공과의 1대1 전투에서는 진 것이 아니다). 단순히 허세만 있는 것이 아니라, 프리저와의 싸움에서 크리링에게 공격을 받는 위험을 무릅쓰는 대담함과 지구에 온 프리저와 굴드 프리저를 보고 지구는 끝장이라 예견하는 등 판단력도 가지고 있다.

막무가내로 덤벼드는 것이 아니라 현재 상황에 맞춰 자신의 몸을 던지는 모습이 드래곤볼에서 보지 못했던 캐릭터의 모습이라 새로웠다.

"아…, 앞으로 한 번 더, 한 번만 더 죽음의 늪에서 빠져나오면 난 분명히 초사이어인이 될 수 있을 거야!" (제302화)

두 번째 이유

베지터라는 캐릭터를 좋아하는 두 번째 이유는 변화하는 과정에서 묻어나오는 가족애 때문이다. 자신이 되지 못했던 전설의 슈퍼 사이야인이 되는 것을 보고 지구에 남아 손오공을 기다릴 때까지만 해도 베지터는 자신을 위해서 움직이는 캐릭터였다. 제335화에 미래의 트랭크스가 등장했을 때, 아버지인 베지터를 보고 '아버지… 어머니 말대로 강하고, 자존심 세고, 엄격하며, 그리고 외로워 보이는 분이었네요…. 부디 죽지 마세요.'라고 말한다. 잠시만난 아들이 보기에도 외로워 보였던 베지터에게 가족이란 다른 인물들보다 더욱 특별한 존재였는지 모른다.

성격상 겉으로 표현하지는 못하지만, 그의 행동에서 느껴진다. 자신의 아들임을 알고도 미래의 트랭크스에게 유독 차갑게 굴었넌 베지터가 셀과의 싸움에서 죽었을 때 트랭크스가 죽었을 때

막무가내로 셀을 공격하는 모습과 미래의 트랭크스와 작별인사하는 베지터의 모습을 보면 감동적이다. 표현이 서툴렀던 셀 전을 지나 현재의 아들 트랭크스를 대하는 태도도 변화한다. 꼬마 트랭크스를 훈련시키던 베지터와 아버지를 무서워하면서도 베지터를 좋아하는 트랭크스의 모습에서 둘의 관계를 엿볼 수 있었다. 베지터에게 약간의 인간미가 보여 새로운 기분이 들었다.

오공과의 전투를 원해서 마인 베지터가 되기는 했지만, 본인이 만든 상황을 해결하기 위해 결국은 자폭을 선택한다. 베지터의 마지막 모습은 잊지 못할 명장면이 되었다. 자신의 죽음을 예감하고 '트랭크스… 난 아기 때부터 널 한 번도 안아 준 적이 없었구나. 내 품에 안겨라.' 하며 트랭크스를 안는 베지터와 부끄러워하는 어린 트랭크스에게 잘 지내라고 당부하는 모습과 자폭하며 '안녕! 부르마, 트랭크스, 그리고… 카카로트.' 하고 작별인사하는 모습은 다시 한번 베지터라는 캐릭터에 대해 생각해 보게 하는 계기가 되었다. 수련을 하다가도 출산일에 맞춰서 돌아오는 베지터의 모습은 〈드래곤볼 : 슈퍼〉에서 나온다(제27화). 이제는 과거의 모습을 찾아보기 힘들어졌다. 베지터라는 캐릭터는 원래 오래 나올 캐릭터가 아니었다. 잠시 나오는 캐릭터였다. 엑스트라로 끝날 뻔한 베지터가 조연에서 이제는 없어서는 안 될 캐릭터가 되었다.

세 번째 이유 : 미워할 수 없는 허세

당시의 베지터에게는 지구라는 존재가 크지 않았다. 그렇기에 셀이 지구를 정복한다는 소식은 사실 베지터하고는 상관이 없는 일이었다. 그럼에도 남아서 손오공을 이기기 위해 노력하는 베지터의 모습이 인상 깊었다. 진지한 분위기였던 셀 전에서 베지터는 분위기를 전환하는 역할을 한다. 하급전사 손오공, 알지 못하는 소년이 전설의 슈퍼 사이야인이 된 것을 본 베지터는 비참했을 것이다. 분하고 비참한 상황에서 다시 한 번 도전하는 것은 어렵다. 자신의 한계를 매번 부딪치고 다시 한 번 노력하는 베지터라는 캐릭터에 유독 눈길이 간다. 그 노력하는 모습에 언젠가는 이기기를 응원해 주고 싶었다. 오공이 반가운 친구 같은 존재라면 셀 전 이후에는 베지터라는 캐릭터에 애정이 생기면서 가장 좋아하는 캐릭터가 되었다.

"잘 봐라, 셀! 너의 그 재수 없는 비웃음을 당장 지워 주마!" 제377화

"이 몸은… 초 베지터다!" 제378화

• 부르마

부르마는 어디서 누구를 만나든 자신감 넘치고 당당한 모습이 매력적이다.

부르마가 손오공이 살고 있는 파오즈 산속에서 드래곤볼을 찾으러 가는 것이 〈드래곤볼〉 여정의 시작이다. 보통 소년만화를 보면 여성 캐릭터는 남자 주인공에 비해 비중이 적고 캐릭터 성격이 약하다. 그런데 〈드래곤볼〉은 다르다. 〈드래곤볼〉 초반에 이야기를 이끌어 가는 것은 천재 소녀 부르마이다.

처음 10대의 부르마에게 손오공은 친구라기보다는 보디가드였다. 자신의 안전을 위해 데리고 다니는 일꾼으로 정도로만 생각했다.

"이상한 녀석이지만, 저 파워는 쓸모가 있을지도 몰라." 제1화

부르마는 자신의 매력을 이용해서 사건을 해결하기도 한다. 그러나 본인의 매력을 어필해서 사건을 해결하는 모습보다도 〈드래곤볼〉 초반 개그 요소를 위해 억지스럽게 넣은 장면들, 그러니까 다른 캐릭터들이 부르마에게 행하는 몇몇 행동은 보기 좋지 않았다. 〈드래곤볼〉의 시간이 흐르면서 부르마도 성장하고 주변

환경 탓인지 배짱도 좋아진다.

무술가인 타 캐릭터와 달리 부르마는 머리가 똑똑한 것 외에는 일반 여성과 다를 바 없는데 전투 직전 구경하러 오는 모습이 포착된다. 그 배짱은 라테츠에게 죽은 동료들을 살리기 위해 포포에게서 과거 지구신이 타고 온 우주선을 직접 개조하고 목숨이 위험해질 수 있는 나메크 성의 여정을 가기까지 이른다. 비전투 캐릭터 임에도 나메크성 에피소드의 부르마가 민폐 캐릭터인 모습은 전혀 없다. 적절하게 몸을 숨어 지내며 동료들에게 도움을 주는 역할 조력자이자 만화가 진지해질 때 개그 요소로 작용해 극의 전환점이 된다. 부르마는 전투 소년만화에서 비전투 캐릭터이기에 존재감이 없을 수 있다. 하지만 부르마라는 캐릭터가 없었으면 드래곤볼이 시작되지 못 했고 진행되기 어려운 에피소드도 많이 존재한다. 그만큼 드래곤볼 세계관에서 이 캐릭터가 가지는 존재감은 강하다. 어떤 상황에서도 당차고 자신의 존재감을 부각하는 부르마라는 캐릭터가 좋다.

"아니까 왔다고!! 프리저가 맘만 먹으면 지구 정도 통째로 박살 내겠지. 어디로 숨어 봤자 마찬가지잖아…. 그럴 바엔 그놈이 어떤 녀석인지 알고 싶어." 제330화

"그야 구경 온 거지! 걱정 마. 인조인간 한번 구경하고 돌아갈 테

니까." 제337화

"어디 해 봐! 내가 얘기 안 했냐? 그 애 아빠가 베지터라고." 인조인간을 보러 가던 중 돌아가자고 하는 야지로베에게 하는 말.

• 손오반

친구들을 만나러 거북하우스에 가는 오공이와 그의 아들 손오반. 처음 등장하는 오반이의 모습은 〈드래곤볼〉 초반의 오공과 겹치면서 너무 귀여웠다. 친한 친구가 아들을 동창회에 데려온 기분이 들었다. 라데츠가 찾아오면서 네 살 아이 오반의 인생은 변하기 시작한다. 그 후부터 손오반은 계속 잠재능력이 뛰어난 인물로 나온다. 〈드래곤볼〉 캐릭터 중 전투에 가장 맞지 않는 캐릭터임에도 불구하고 '프리저편', '셀편' 등 〈드래곤볼〉 세계에서 약 10세까지 스승(피콜로), 아버지 또는 누군가가 죽을 수도 있는 상황에 몰려 반강제로 전사의 길로 들어서는 캐릭터다. 오공처럼 세상을 순수하게 보지만, 오공보다는 현실과 타협하는 모습이다. 다정다감하고 싸우기 싫어하는 온화한 성격인 오반이 분노하면 오공을 뛰어넘는 힘을 발휘한다는 이중적인 모습이 매력적이다.

"손오반입니다. 네 살이죠. 크면 훌륭한 학자가 되고 싶어요." 첫

등장했을 때의 제197화 표지

"그… 그치만, 나 무술가 따위 되고 싶지 않아…. 후… 훌륭한 학자가 되고 싶어…." 제206화

"나… 난 사실 싸우고 싶지 않아…. 죽이는 것도 싫고…. 그게 설령 지독한 악당이라도…."

"난 아버지처럼 싸움을 좋아하는 성격이 아냐." 제404화

• 미래의 트랭크스

손오공이 없는 사이 복수하러 온 프리저를 두 동강 내면서 등장한 캐릭터. 프리저 일당을 순식간에 해치우고는 급 표정을 밝게 하며 손오공을 기다리자고 하는 반전 매력을 가진 미래의 트랭크스. 그의 등장은 〈드래곤볼〉에서 처음으로 순정만화를 보는 기분이 들게 해 주었다. 과거로 와서 아무것도 말할 수 없어서 일행에게 의심의 눈길을 받으면서도 꿋꿋하게 함께하는 캐릭터. 태어나자마자 아버지 베지터를 잃고 철이 들기도 전에 스승인 손오반마저 잃은 트랭크스. 과거로 와서 한 번도 만나지 못했던 아버지 베지터를 몰래 힐끔거리며 미래의 트랭크스가 얼마나 감격스러워했는지 손오공에게 말하는 대사를 보며 너무 안타까웠다. 실제 베지터의 모습에 기대한 만큼 큰 실망을 하고 말지만, 그래도 아버지의 자존심을 지켜 주려고 자신의 진정한 힘을 끝

까지 숨기는 효자다. 제418화의 마지막에 야무치에게 "그래…! 네가 셀에게 살해당했을 때 굉장히 화가 나서… 앞뒤 안 가리고 셀한테 막무가내로 덤벼들더라!"라는 말을 듣고 미래의 트랭크스는 아버지 베지터에 대해 다시 생각하게 된다.

미래의 트랭크스가 원래의 세계로 돌아갈 때, 아버지의 사랑을 전혀 알지 못했던 트랭크스와 아들에게 아무런 정이 없을 것 같은 베지터가 작별하는 모습은 잔잔한 감동을 준다. 그렇게 셀을 없애고 평화롭게 행복한 삶을 살기를 바랐지만, 〈드래곤볼 : 슈퍼〉에서 자마스로 인해 미래의 트랭크스 세계는 또다시 위기를 겪는다. 이때 미래의 트랭크스 세계는 멸망하고 다른 타임라인으로 가게 되는데, 그냥 계속 남아 등장했으면 했을 정도로 애정하는 캐릭터다.

• 트랭크스

'인조인간편'에서 등장한 트랭크스가 성장한 소년으로, 미래의 트랭크스와 달리 밝고 장난을 좋아하는 소년이다. 오천과 1살 차이지만 친구처럼 지낸다. 둘이서 자주 전투 놀이를 하는데, 전투를 좋아하는 것만 보면 손오반보다는 트랭크스와 오천 쪽이 사이야인의 모습과 비슷하지 않을까? 오천보다 약간 기가 세지만, 우열을 가리기 어렵다. 그래도 트랭크스가 천하제일 무도회에서 오천을 이기자 아버지인 베지터가 아주 좋아했다. 〈드래곤볼〉에서는 거의 막바지에 나왔고 활약하기에는 등장 기간이 짧았다. 원작의 완결 시점에서 별로 파워업을 하지 못한 것을 보면 〈드래곤볼 : 슈퍼〉에서 등장하지 않는 이유를 알 것 같지만, 그래도 트랭크스의 활약이 나오길 기다리고 있다.

• **손오천**

손오공과 치치의 차남으로 오공의 유년 시절을 꼭 빼닮았다.

형인 오반과 달리 오천은 자유롭게 컸다. 오반보다 더 천진난만한 것이 매력 포인트다. 자유롭게 커서인지 친구처럼 지내는 트랭크스와 전투 놀이를 종종 해 7살 만에 슈퍼 사이야인이 된다. 어찌 보면 작중 잠재적 능력이 가장 많다는 오반보다 더 있을 가능성도 있지만, 딱히 오천과 트랭크스의 잠재적 능력에 대해서는 언급된 적이 없다.

7살까지는 아버지인 오공이 부재했지만, 마인부우전이 끝나고 아버지와 함께 살게 된다. 태어나서 형과 엄마하고만 지냈기에 처음 오공과 살 때는 어색했다. 그 시절을 생각하면 〈드래곤볼 : 슈퍼〉에서 둘의 관계가 상당히 발전했음을 알 수 있다. 〈드래곤볼〉에서는 거의 막바지에 나왔고 활약하기에는 등장 기간이 짧았다. 〈드래곤볼 : 슈퍼〉에 들어서서는 많이 등장하지 않지만, 항상 활약을 기다리고 있다.

• 피콜로

피콜로가 언제 적이었나 싶을 정도로 〈드래곤볼〉에서 큰 변화를 겪은 캐릭터 중 한 명이다. 우리가 알고 있는 피콜로 마주니어는 2세기 때문에 사실 피콜로가 긴장감을 줄 정도의 적으로 나오지 않았다. 손오반의 가능성을 보고 다음 올 베지터 일행에 대비해 수련시킨다. 그 과정에서 자신을 대하는 손오반의 순수함에 영향을 받아 변화의 조짐을 보인다.

내퍼의 공격으로부터 오반을 지키기 위해 스스로 방패가 된다. 이 장면은 많은 팬의 눈물을 자아낸 장면 중 하나다. 사실 당시 상황으로만 보면 오반보다 피콜로가 더 중요한 캐릭터였다. 피콜로는 희생되어서는 안 되는 인물이었다. 피콜로가 죽으면 〈드래곤볼〉이 아예 없어지기 때문이다. 오반은 전투력도 약하고 첫 전투에 겁을 먹는 모습이 유독 돋보였다. 오반을 지키려 몸을 날린 피콜로의 마음은 진한 감동을 불러일으켰다.

이후 오반과 좋은 사제관계로 남았다. 후에 신과의 합체로 오공에게는 어릴 적 오공이 제자로 있던 당시의 신의 인격이, 오반에겐 스승 피콜로의 인격이 조금씩 묻어나오면서 오공 부자와 피콜로의 특별한 유대감이 〈드래곤볼〉에 나타난다. 나메크성에서 네일과의 합체 후 파워업과 셀 전에서 신과 합쳐지면서 인격적으론 선해졌음에도 그 전의 언행이 남아 있다. 이것도 피콜로의 매력 중 하나다.

• 프리저

〈드래곤볼〉 시리즈를 대표하는 악당으로 베지터 행성을 없앤 사이야인의 숙적이다. 〈드래곤볼〉에 나오는 캐릭터들은 대체로 착하다. 착한 캐릭터들 사이에서 유독 악랄하게 나오는 프리저의 모습이 매력적이다. 최근에 팬들 사이에서 프리저의 행적이 다시 화제가 되고 있는데, 상하 관계없이 부하 직원에게 존댓말을 쓴다거나 실패해도 만회할 기회를 주는 등 매우 바람직한 리더의 모습 때문이다. 게나가 부하들의 얼굴과 이름까지 정확히 기억하고 있다. 손오반이 사이야인 피를 이은 것을 보고 얼굴도 거의 보지도 못했을 부하인 라데츠의 자식(손오반과 라데츠는 친척 관계이므로 베지터나 내퍼보다는 닮았다)이라고 유추할 정도였으니 기억력이 좋다고 해야 할지, 다소 세심한 악당이라고 해야 할지 모르겠다. 사악하지만 유능한 리더, 그 매력적인 캐릭터가 프리저다.

"베지터나 내퍼와는 안 닮았어…. 라데츠의 자식인가…! 그래… 어딘가 낯익은 얼굴이야…."- 제303화

• 셀

남다른 애정이 있는 셀 전편은 무서워하면서 봤던 기억이 있다. 셀이 에너지를 얻기 위해 사람들에게 꼬리를 붙이고 생체 에너지를 흡수하기 시작한다. 그러자 사람들이 점점 쪼그라들다가 사라진다. 충격적이었다. 셀의 생김새도 그동안 나온 사랑스러운 모습의 〈드래곤볼〉 캐릭터들과 다르게 크게 그려 놓은 벌레처럼 기괴했다. 스파이 로봇으로 세포 데이터까지 수집하여 괴물이 만들어졌다는 것을 보고는 무언가에 찍히면 내 데이터도 저렇게 수집될 수 있는 건가 싶었다. 가장 무서웠던 것은 17호를 흡수할 때, 벌린 꼬리의 모습을 처음 봤을 때다. 〈드래곤볼〉의 셀 전편만큼은 흥미진진하게 지켜보는 것이 아니라 언제 저 괴물을 해치우는 거냐 하는 응원하는 마음으로 봤던 것 같다.

5. 교훈

자신이 원하는 것을 하기

주인공인 손오공은 싸움을 즐기는 캐릭터다. 강한 적이 나타나면 악인을 응징하기 위해 싸우는 것이 아니라 상대가 얼마나 강한지 기대부터 한다. 강한 상대를 만나면 공포를 느끼기보다 즐거워한다. 손오공은 누군가를 위해서 혹은 자신의 정의를 위해서 행동하는 것이 아니라 자신의 만족을 위해 강해지려 끊임없이 수련한다. 어떠한 대가도 없이 오로지 자신의 만족을 위해 움직이는 과정이다.

피콜로 주니어와의 싸움이 끝나고 오공은 모두를 놀라게 하는 행동을 한다. 바로 피콜로에게 선두를 먹인 것이다. 피콜로가 죽으면 신님도 죽는다는 이유와 라이벌이 없어지면 자신이 섭섭하다는 이유에서다. 더 강한 자와 싸우고 싶어 하는 오공을 봤을 때, 후자가 더 큰 이유일 것이다. 또한 베지터도 크리링이 끝을 낼 수 있었는데 자신보다 강한 베지터가 두렵고 겁이 났지만, 기쁘고 두근거렸다며 살려준다. 프리저편에서 나메크성이 폭발하는 급박한 상황에서 북쪽 계왕의 만류에도 불구하고 프리저와 끝까지 승부를 내겠다며 남는다. 다른 사람에게 피해를 주지 않는 선에서 자신이 원하는 것을 하려고 하는 모습이 보기 좋았다. 손오공과 사이야인들은 자신의 즐거움을 위해 움직인다. 처음 베지터와 내퍼가 지구에 온 이유도 영원한 생명을 얻어 영원히 전투를 즐길 수 있기 위해였다.

새로 시작한 〈드래곤볼 : 슈퍼〉에선 손오공의 이런 성격이 돋보인다. 처음에는 '쟤가 왜 저럴까…?' 하며 읽었다. 하지만 가만히 생각해 보면 오공은 언제나 수련하는 '무도가'다. 오공은 마인 부우와의 싸움이 끝나고 싸움 상대가 없어 한동안 농사를 지으며 산다. 어린 시절 천하제일 무도회에 참여했던 때처럼 〈드래곤볼 : 슈퍼〉에서 자신이 좋아하는 일을 찾아 즐거워하는 오공의 모습을 응원해 주고 싶다.

손오공의 삶을 보고 있으니 나도 그처럼 가슴이 두근거리는 일을 찾아 살아가고 싶었다. 그렇게 나의 '〈드래곤볼〉 여행'이 시작됐다. 이 여행은 어떤 활동을 하기 위함이 아니라 순수하게 다시는 오지 않을지도 모르는 〈드래곤볼〉 행사를 즐기기 위함이었다. 떠날 준비를 하는 나를 향한 주변의 반응은 그다지 좋지 않았다. "왜 굳이? 그걸 뭐 하러 보러 가?", "그 돈으로 다른 곳에 가는 게 낫잖아.", "같은 곳을 왜 가?" 부정적인 지인들의 말에 망설였고 고민했다. '하지만 그 행사가 정말 마지막이라면…?'

그건 장소만 같을 뿐 '같은 여행'이 아니었다. 그렇게 생각하니 특별한 여행처럼 느껴졌다. 실제로 다녀오고 난 후에 후회는 없었다. 언제나 '〈드래곤볼〉 여행'은 즐거움이 가득하고 행복한 추억으로 남았다.

즐거움을 위해 중요한 것을 잊지 않기

〈드래곤볼〉 여행을 하기 위해서는 당연한 말이지만, 시간과 돈이 필요하다. 성인이 되고 나서도 〈드래곤볼〉을 계속 좋아해 〈드래곤볼〉 관련 행사가 있을 때는 달력부터 봤다. 시간을 낼 수 있는가, 그다음으로 여윳돈은 얼마나 있는가, 다녀와도 후회가 없을 것인가, 여러 고민이 끝나고 떠나기로 했다면 그때부터는 정신없이 바쁜 나날이 이어진다. 미리 해야 할 일을 정리해 며칠 전부터 작업했다.

〈드래곤볼〉 행사를 위해서 만사 제쳐두고 떠났지만, 다녀온 횟수에 비하면 구매한 상품이 적은 편이다. 여기에는 나름의 이유가 있다. 〈드래곤볼〉을 계속 좋아하고 싶어서이다. 〈드래곤볼〉 때문에 돈이 부족하다는 둥, 여행 갔다가 시험 망쳤다는 둥, 일에 지장 있었다는 둥, 〈드래곤볼〉을 핑곗거리로 만들고 싶지 않았다. 〈드래곤볼〉과 나의 삶 사이에 균형을 유지하며 계속해서 행복하고 즐거운 덕질을 추구하고 싶었다.

손오공을 움직이는 원동력은 '순수한 즐거움'일지 모른다. 그러나 손오공은 즐거움을 위해서 중요한 일을 내팽개치지 않는다. 그 예로 아들인 오반이 납치되었을 때가 있다. 언제나 강한 적이 나왔을 때 두근거리며 싸울 생각을 하던 오공은 즐거움보다는 아들의 안위를 중요시했다.

셀 전에서 강한 적과 겨뤄 보고 싶은 마음이 간절했음에도 자신의 힘으로 안 될 것을 알고 아들인 손오반을 내보낸다. 이 판단은 아들인 손오반을 이해하지 못한 판단이었지만, 세계를 구하기 위해선 다른 방법이 없었다. 셀전에서 죽은 후 하루 이승으로 돌아왔던 때(마인부우편) 강한 적과 싸우는 것을 좋아했던 오공은 자신의 즐거움을 충족하기보다 살아 있는 현재의 아이들이 해결할 수 있도록 트랭크스와 손오천에게 퓨전을 전수하고 떠났다. 자신이 좋아한다는 이유로 자신 위주의 판단을 내리는 것이 아니라 이성적으로 중요한 것 또한 고려해 균형을 잘 잡고 결정하는 것이 손오공의 매력 중 하나가 아닐까.

"너처럼 질긴 녀석이 왜 끝까지 부우와 싸워 보지 않은 거지…? 그 에너지 문제 때문인가…?"

"아니… 난 이미 이승에는 존재하지 않는 인간이다. 내가 처리할 문제가 아니라고. 이승의 젊은 애들이 어떡하든 해결하는 게 좋아… 언제, 또다시 엄청난 일이 벌어질지도 모르잖아?"
"이건 위험한 도박이긴 하지만… 저 초천재적인 두 꼬마를 보고 녀석들에게 승부를 걸어 보기로 했어…." 제476화

노력하는 캐릭터들

〈드래곤볼〉 원작자 토리야마 아키라님은 15년간 주간 연재를 한 번도 쉬지 않았다. 15년 동안 하나의 작품을 쉬지 않고 진행했다니 대단하다. 아픈 날도, 중요한 일정 때문에 도무지 마감일을 지킬 수 없었던 날도 있었을 텐데 그의 끊기와 노력에 감탄이 절로 나온다. 이미 완결이 난 상태에서 〈드래곤볼〉을 보기 시작했던 나는 처음에는 그게 그렇게 대단한 일인지 몰랐다. 그러다 롯데시네마에서 진행했던 〈드래곤볼〉 극장판 이벤트에 당첨돼 사은품으로 받은 총 집편을 읽다 제150화 페이지 사과문을 보게 됐다. 작가의 노력과 책임감을 느낄 수 있었다. 이 사과문을 보고 아픈 와중에도 휴재하지 않고 원고를 마무리 짓기 위해 작가가 얼마나 큰 노력을 쏟아냈는지 와 닿았다. 토리야마 아키라님이 실제로 어떤 사람인지 모른다. 하지만 〈드래곤볼〉을 긴 시간 휴재 없이 연재하기 위해 계속해서 노력하는 그 모습이 본받

고 싶은 사람이다.

카카로트 손오공은 하급전사로 태어나서 지구로 보내진다. 손오공은 지구에서 무천도사에게 가르침을 받는다. 처음엔 우유 배달과 맨손으로 밭 갈기, 무거운 거북 등껍질을 메고 생활하기 등 무술 수련과는 거리가 먼 것부터 시작한다. 권법을 배우고 싶어 하는 오공에게 무천도사는 "체력도 단련되어 있지 않으면서 어떻게 무술을 익힌다는 게냐!"(31화) 하고 말한다. 이후에도 〈드래곤볼〉에는 수련 장면이 굉장히 많이 나온다. 주인공이 갑자기 강해져서 나오는 것이 아니라, 무거운 철로 된 옷이나 신발을 두르고 훈련하는 장면, 몇 배의 중력실에서 훈련을 하는 장면이 몇 화에 걸쳐 나온다. 심지어 노력할 시간이 없을 땐, 정신과 시간의 방에서 수련한다. 처음부터 하급, 엘리트 이렇게 낙인찍어 그 설정이 끝까지 가는 것이 아니라, 결국은 하급전사로 판정된 손오공이 자신을 무시했던 엘리트 전사인 내퍼, 베지터와의 결투에서 승리하고 마침내는 사이야인을 무시하던 프리저도 이긴다.

그렇다면 수련을 하지 않는 잠재능력이 뛰어난 캐릭터는 어떻게 되는가? 만화 캐릭터니까 그대로 강하지 않을까? 재능이 있어도 노력하지 않으면 재능은 소용없다는 것을 알려 주는 캐릭터가 손오반이다. 손오반은 잠재능력이 〈드래곤볼〉 만화에서 가장 뛰어난 캐릭터다. 〈드래곤볼〉에서는 언제나 유망주다. 하지만 오반은 손오공, 베지터와 달리 싸움을 좋아하지 않고 학자를 꿈꾼다. 오반은 평화시대에 들어서면서 수련을 게을리한다. 마인 부우편이 끝나고 지구에 온 프리저 군을 상대할 때, 오반은 도복을 찾지 못해 트레이닝복 차림으로 온다. 그리고 프리저의 공격 한 방에 잠시 심장이 멈추는 지경까지 이른다. 약해진 오반의 모습에서 실망감과 안타까움을 느꼈다. 하지만 오반이 그대로 강했다면 재능 있는 사람은 노력 없이도 강하다는 사실에 허무했을 것 같다.

애초에 오반은 학자를 꿈꾸는 소년이었다. 싸움을 싫어하니 수련의 목적이 없고 강해지기 위해 노력할 이유도 없는 셈이다. 제6우주와의 시합에서도 학회를 선택한 것을 보면 손오반은 무술을 수련할 생각이 전혀 없는 듯하다. 만화를 보다 보면 캐릭터에게 감정이입을 하게 될 때가 있다. 천재적인 재능을 가진 주인공 캐릭터가 노력하는 캐릭터를 순식간에 이기는 것만큼 허무한 전개도 없다. '어차피 쟤가 제일 강한 거 아냐?' 이런 생각에 만화를 보는 재미도 줄어든다. 그래서 오반이 약해진 모습이 마냥 싫지는 않다. 오반에게도 수련의 목적이 생긴다면 분명 다시 미스틱 오반의 모습으로 돌아올 테니까.

"몸이 둔해 보이는군. 아무리 평화로운 시대라 해도 훈련을 게을리하면 안 돼." - 제423화
"흥… 그렇다고 이길 수 없는 상대는 아냐. 한심한 녀석 같으니…. 꼬마였을 때가 훨씬 강했던 것 같군…."
"저 녀석, 정말 게으름 피웠구나~" -제455화
"아, 그게…. 너무 갑작스러워서 도복을 못 찾았어요."
-'부활의 F' 코믹스

출신이나 외모는 중요하지 않다

나는 20년이 넘도록 한 지역에서 살았다. 동네에 있는 여중, 여고를 졸업했고. 그래서일까? 외모나 지역에 대해서 깊게 생각해 본 적이 없다. 그런데 대학에 입학하고 나니 출신지나 외모가 생각보다 중요한 사항이었다. 동기 중에 같은 지역 출신이라는 이유만으로 선배에게 요약집이나 전공 책을 받는 친구를 옆에서 보면서 '아… 저런 친밀감도 존재하는구나.' 하고 '지연이란 어떤 것인가?' 생각하게 되었다. 외적인 기준도 이와 비슷했다. 외모

라는 기준에서 오는 크고 작은 차별을 알게 됐다.

〈드래곤볼〉 안에서는 외모도 출신도 그다지 중요하지 않다. 오히려 세상의 고정관념을 〈드래곤볼〉이 깨 준다. 덩치가 크고 무시무시하게 생긴 캐릭터가 강하다는 편견이 〈드래곤볼〉에는 적용되지 않는다. 오룡이 처음 나왔을 때, 마을의 소녀들을 납치해 갔다. 실제로는 약하지만, 외적으로는 강해 보여 마을 사람들은 오룡에게 덤빌 생각을 하지 않는다. 이때 변신한 오룡보다 작고 어린 손오공이 납치된 소녀들을 구출한다. 인조인간 8호도 프랑켄슈타인 같은 외견과는 다르게 겁이 많고 착하다. 인조인간 8호는 레드리본 군이 드래곤볼로 마을 사람들을 살해할 계획을 하고 있음을 알고 드래곤볼을 숨겼다가 후에 손오공에게 넘겨준다. 갈 곳이 없던 인조인간 8호는 촌장과 함께 마을에 살게 된다. 인조인간을 아무런 거리낌 없이 받아주는 촌장의 모습이 마치 출신, 출생 상관없이 한 사람을 대하는 이상적인 태도 같아 감동이었다.

그런 면모의 캐릭터는 계속 나오는데 대표적인 인물이 프리저다. 프리저는 외적인 모습만 봐서는 부하들보다 약해 보인다. 포트를 타고 다니는 제1형태에서는 마치 어린아이 같다. 그런 프리저가 혹성 베지터를 멸망시킨다. 다시 연재 중인 〈드래곤볼 : 슈퍼〉에 나온 현재 가장 강한 존재도 어린아이처럼 보이는 전왕이다. 겉모습으로는 그 캐릭터의 실력을 가늠할 수조차 없다는 것이, 겉모습으로 사람을 판단해서는 그 사람이 가지고 있는 진가를 알 수 없다는 것을 알려주는 것이 〈드래곤볼〉의 매력이다.

"근데 오룡 녀석 엄청 약했구나…."
"무서운 모습에 속아서 아무도 덤비지 못했던 거야…." -제6화

인조인간 8호에게 같이 살자고 하는 할아버지.
"그… 그렇지만 난 인조인간이라서…."
"그게 무슨 상관이야! 진짜 인간도 나쁜 사람이 얼마나 많은데!"
-제67화

선함이 느껴지는 만화

〈드래곤볼〉에 관한 추억이 많은 것은 사실이지만, 만화를 사랑했던 소녀가 〈드래곤볼〉만 봤을 리는 없다. 그런데 유독 〈드래곤볼〉만은 아직도 어린 시절과 다름없이 좋아한다. 왜일까? 만화 〈드래곤볼〉의 가장 주된 매력은 '액션'이지만, 그 이유만 놓고 보면 '액션'이 주를 이루는 만화는 수없이 많다. 나조차도 가끔 고민

한다. 왜 〈드래곤볼〉이 특별한가? 의문이 들어 곰곰이 생각했다.

우선 과거에 좋아했던 다른 만화들은 현재 다시 봤을 때 당시에 보이지 않았던 것들이 종종 보인다. 가령 악당이 실제로 악당인가, 주인공의 정의가 옳은가 의문이 드는데 그러다 보면 마음이 불편하다. 그에 반해 〈드래곤볼〉은 정의를 외치면서 진행되는 이야기가 아니다. 〈드래곤볼〉의 주인공들은 위에서 말했듯 자신이 좋아하는 일을 할 뿐이다. 그 좋아하는 일이 강한 자와 만나서 싸우는 것이고. 물로 자기가 원하는 삶을 살아가는 주인공들이 만화의 큰 매력이긴 하지만 여기서는 다른 이유를 소개하려 한다. 바로 '선함'이다.

손오공을 얄미워하던 크리링, 〈드래곤볼〉 세계에서의 피콜로, 베지터, 프리저 등등 처음에는 주인공인 손오공의 라이벌이며 적이었다. 오공과의 싸움에서 패배해 갑자기 반성하고 착해져 주인공 편으로 돌아선 것이 아니다. 단순히 악당을 힘으로 이겨서 주인공에 의해 착해지거나 반성하는 것이 아니라 처음에는 손오공에게 진 것이 분하고 화가 나서 손오공을 이기기 위해서 주변을 계속 배회하다가 손오공의 순수성과 선함에 조금씩 영향을 받아 각자의 성격에 맞게 변화되어 간다. 그 모습들이 좋았다.

악당을 계속 악한 인물로 두는 것이 아니라, 악했던 인물들이 순수한 주인공과 만나서 다른 사람들을 이해하게 된다. 악한 인물들이 변화해 한 명의 구성원이 되는 과정이 〈드래곤볼〉에 나온다. 게다가 주인공인 손오공도 완전한 모습으로 처음부터 끝까지 일관된 캐릭터로 나오는 것이 아니라 그 또한 다른 구성원들을 만나면서 점차 변화한다. 모든 등장인물이 서로서로 상호작용한다. 서툰 사람은 어디에나 존재한다. 자신과 다른 이를 소외시키는 게 아니라 그를 이해하고 받아들인다. 그 과정을 보며 독자들도 인간의 삶에 중요한 것이 무엇인지 다시 한 번 생각하게 된다. 이에 해당하는 대표 캐릭터가 피콜로, 베지터, 17호, 18호, 마인 부우이다. 이 캐릭터들이 나왔을 때는 계속 등장할 것이라고 예상하지 못했다. 피콜로는 나중에는 조언자처럼 변화하고 베지터는 가정적인 가장이 된다. 18호는 가정을 이루고 17호는 동물보호관이 된다. 마인 부우는 사탄과 함께 살아가기로 한다.

"저…정말 한심하군…. 피…피콜로 대마왕이나 되는 내가 꼬…꼬맹이 하나를 구하려 하다니… 진짜 최악이야…. 너…너희 부자 때문이야…. 차…착한 마음이 전염돼 버렸나 봐…. 하…하지만 오반… 나…나랑 제대로 얘길 나누어 준 것은 너뿐이었어….

너…너하고 지낸 몇 달은 나…나쁘지 않았다…. 죽지… 마라…. 오…반."-제223화

"맘에 안 들었어…. 나도 모르는 사이에 너희들의 영향을 받아 온화해져 가는 내 자신이…. 나…나 같은 녀석에게도 가족이 생긴다는 건 나쁘지 않은 기분이었다…. 어느샌가 이 지구도 좋아져 버렸지."- 제459화

〈드래곤볼 : 슈퍼〉

〈드래곤볼 : 슈퍼〉가 시작되고 난 후 주변에서 〈드래곤볼 : 슈퍼〉 작화에 관한 질문을 많이 받았다. "작화가 별로던데 아직도 보니?", "아직도 좋아하니?" 하는 물음들이었다. 솔직히 말하면 〈드래곤볼 : 슈퍼〉가 〈드래곤볼 Z〉가 끝나고 바로 나왔더라도 지금과 같은 마음이었을지는 모르겠다. 〈드래곤볼〉이 한국에 처음 연재 될 때는 태어나지 않았었고, 비디오는 집에서 혼자 봤으며, 후에 TV 방영으로 다시 인기가 생겼을 때는 주변에 〈드래곤볼〉을 좋아하는 친구가 없었다. 용돈은 비디오, 만화책 빌려 보기만도 벅찼다. 그러니 당연히 〈드래곤볼〉 상품을 구매할 생각은 못 했다. 성인이 된 이후에는 우리나라에서 〈드래곤볼〉 상품을 보기 힘들어졌다. 가끔 일본에 가면 오래전에 나온 피규어

상품을 둘러보는데 인기는 있지만, 이제는 대세가 아닌 느낌이 적잖아 있었다. 대세가 아닌 만화 〈드래곤볼〉의 이벤트는 꿈도 꿀 수 없었다. 그래서 드래곤볼 극장판 '신과 신'(신들의 전쟁)을 시작으로 '부활의 F'가 나왔을 땐 너무 기뻤다. 그래도 한국에서 〈드래곤볼〉은 나름 인기 있는 만화였으니 오래 상영하겠지 하고 생각했는데 '신과 신'(신들의 전쟁) 때는 내 예상과 달리 순식간에 상영이 끝나 한 번밖에 못 봤다. 또 오지 않을 기회였는데 한 번만 보고 끝냈다는 것이 너무나 참담했다. 그래서 '부활의 F'가 개봉했을 땐 마지막일지도 모른다는 생각에 최대한 시간을 내어 짧게 일본 여행까지 다녀왔었다.

이후 〈드래곤볼 : 슈퍼〉가 시작된다는 글을 사이트에서 발견했을 때는 '마지막이 아니었구나, 당분간은 계속 〈드래곤볼〉을 볼 수 있는 건가?' 하는 기쁨에 두근거리며 첫 방영 날만을 기다렸다. 그렇게 〈드래곤볼 : 슈퍼〉가 방영되고 코믹스가 나왔다. 내가 알고 있던 〈드래곤볼〉의 모습과 같다고 할 수는 없었다. 하지만 〈드래곤볼〉의 종영 당시 아쉬웠던 점을 잘 해결했다는 의견이다. 세계관이 더 넓어질 수 있었음에도 그대로 종영했던 아쉬움을 〈드래곤볼 : 슈퍼〉에서 세계관을 넓히며 해결했고 의문으로 남았던 부분들도 한 번 더 언급을 해 주었다. 생각할 수 있는 부분을 만들어 주는 〈드래곤볼 : 슈퍼〉로 인해 다시 한번 〈드래곤볼〉의 인기가 시작되고 있다. 새로운 팬이 유입되는 모습에 〈드래곤볼 : 슈퍼〉에 고맙기까지 하다. 그렇기에 앞으로도 지켜보고 싶은 작품이다.

제2부

〈드래곤볼〉 팬이 된 지 20년이 넘었다. 고등학교를 졸업하면서 더 이상 새로운 만화책은 찾지 않게 되었다. 과거에 봤던 만화들과 〈드래곤볼〉을 가끔 보면서 예전엔 발견하지 못했던 매력을 찾고, 카페나 블로그에 올라온 글들을 읽으면서 어린 시절을 회상하며 지냈다. 항상 한결같은 마음으로 좋아했다면 거짓말이다. 오랜 친구 같은 느낌이었다. 점프 40주년 'ova'를 보고, '신과 신'(신들의 전쟁)이 나와 '설마 다시 나오는 걸까?' 하는 기대로 가슴이 부풀어 있으면서도 누군가에게 뜬금없이 〈드래곤볼〉을 좋아한다고 이야기할 정도는 아니었다. 그러다 2015년 '부활의 F' 소식 이후부터 소위 주책이 시작됐다. 조금만 친해지면 〈드래곤볼〉을 아느냐며 이야기할 정도로 주체할 수 없게 되었다. 성인이 되고 나서부터는 일본에 자주 갔다. 이유는 당연 〈드래곤볼〉이었다. 내 삶의 활력소가 되어 주는 〈드래곤볼〉. 〈드래곤볼〉에 대한 애정으로 떠난 여행에서 겪은 이야기들을 시작한다.

일성구. 만화 속으로 들어가다 : 제이월드를 만나다

고등학교 때 일본어 학원을 한 달 다녀왔었다. 그때는 뭣도 모르고 학원에서 소식을 듣고 떠났던 단기 어학연수였다. 그때는 어딘가 혼자 돌아다닐 용기가 없어 학원과 숙소 그리고 주변 숙소가 전부였다. 그리고 성인이 돼서 일을 시작하게 되면 자유롭게 여행 가기는 힘들겠다는 생각이 들어 8년 만에 〈드래곤볼〉의 나라 일본에 가게 되었다.

성인이 되어 처음으로 떠나는 나홀로 여행이었다. '8년 전과 다르게 이제는 성인! 원하는 곳은 내 마음대로 다녀야지.' 하는 들뜬 마음으로 계획을 세웠다. 이미 오래전에 전성기가 끝난 〈드래곤볼〉의 흔적을 찾는 여행이었다. 여행을 떠나기 전부터 가장 가고 싶은 곳은 제이월드였다. 제이월드는 일본의 유명한 《소년점프》의 테마파크로 인기작인 〈드래곤볼〉, 〈나루토〉, 〈원피스〉, 〈은혼〉, 〈하이큐〉 등등의 《소년점프》의 만화 소재들로 꾸며져 있는 장소이다. 오픈한 지 얼마 되지 않았을 때 오픈 기념으로 제이월드 코인을 줬었다. 그걸 친구 시지에게 선물 받았다.

시지가 준 〈드래곤볼〉 코인을 받고 기뻤지만, 직접 입장해서 받는다면 더 좋고 뿌듯할 것 같았다. 2015년 2월, 설레는 마음으로 제이월드에 첫 방문하게 되었다. 첫 방문 후, 2019년 문을 닫기 전까지 〈드래곤볼〉 여행을 계획할 땐 시간을 조정해서 한 번씩 방문하려고 노력했다. 좋아하는 장소를 좋아하는 사람과 방문하면 새로운 기분이 든다. 매번 다른 친구들과 방문해 총 4번 다녀왔다. 많다고 하면 많고 적다고 하면 적은 수다.

• 제이월드 서비스

겁이 많아서 놀이기구를 잘 타지 못해 놀이동산을 그다지 좋아하지 않는다. 테마파크도 마찬가지로 좋아하지 않아서 찾아다니진 않는 편이다. 캐릭터를 보는 것은 좋아하지만, 체험 활동은 역시 꺼리며 인형탈을 보면 굳이 사진을 찍고 싶은 마음도 들지 않았다. 하지만 제이월드에 다녀와서 '아, 이 맛에 테마파크에 가고 싶어 하는구나….' 하는 생각이 들었다. 제이월드에는 매번 다른 인형탈 캐릭터가 있었다. 첫 방문 때 나루토를 보고 혹시 오공이도 있을까 싶어서 주변을 두리번거렸다. 아쉽게도 처음 방문했을 때는 오공이가 없었다. 그다음 방문에서는 오공이가 있기를 바라며 나루토와 사진을 찍는 사람들을 바라보았다. 그리고 그 바람은 정말 이루어졌다.

중학교 때부터 친구인 무지와의 두 번째 일본 방문이었다. 식당가에서 멀리서 다가오는 오공의 모습을 봤다. 외국에서 우연히 친구 만난 기분이 들었다. 오공이는 인기 마스코트답게 많은 사람에게 둘러싸여 사진을 찍고 있었다. 얼른 다가가 다른 곳으로 이동하려고 하려는 오공에게 "저기… 사진 부탁드립니다." 하고 말했다. 평소에는 같이 사진 찍자고 말도 못 하고 멀리서 바라만 보던 나였는데, 친한 친구와 함께 있어서인지 용기가 났다.

평범하게 브이를 하고 오공이와 사진 찍었다. 그런데 에네르기파 포즈로 한 번 더 찍자며 손 포즈를 해 주는 오공이…. 순간 여러 가지 생각이 스쳐 지나갔다. 그 포즈로 사진 찍는 것은 부끄러웠다. 망설여졌다. '찍을까 말까…? 너무 창피한데….' 고민을 하다 오공을 봤다. 옆에서 포즈를 취하고 나를 기다리는 오공의 모습에 '그래! 어차피 무지 말고는 아무도 날 몰라.' 하고 따라 포즈를 취했다. 잠시의 부끄러움이 기억에 남는 추억이 되었다.

오공이와 함께
에네르기파!

히히
안녕!!
프리저~

그 다음 오공이와의 만남은 기대도, 생각도 하지 않았던 만남이었다. 그 만남은 세 번째 방문에서였다. 프리저가 〈드래곤볼〉 범퍼카 어드벤처를 홍보하고 있었다. 작은 범퍼카를 운전하는 프리저의 모습은 왠지 모르게 '프리저편'에서 호퍼 포드를 타고 등장한 프리저와 겹쳤다. 생각지도 못한 만남에 반가움이 앞섰다. 오공이 때처럼 사진을 찍고 싶었지만, 프리저와 내 사이에는 바리케이트가 있었다. 사진은 찍고 싶은데 큰소리로 프리저를 부를 용기는 없고…. 게다가 홍보 활동을 방해할 수도 없는 노릇이었다. 결국은 홍보 활동 중인 프리저 뒤에서 찍은 사진으로 만족하기로 했다. 슬쩍 찍고 갈 생각이었는데 나를 발견했는지 프리저가 범퍼카를 멈추고 나에게 손을 흔들어 주었다. 우연한 행운이었다. 프리저의 친절함과 귀여운 모습에 너무도 기뻤다.

제이월드에 입장하면 큰 공간이 나온다. 중앙에는 커다란 우물 같은 모형이 있고 벽면에는 캐릭터 카드들의 모습이 지나가는 화면이 나온다. 우물 안에 나오는 캐릭터 카드를 터치하면 벽면에 해당 캐릭터가 나오면서 말을 한다. 이때 나는 최대한 〈드래곤볼〉 캐릭터들을 많이 보고 싶었다. 그리고 연속으로 〈드래곤볼〉 캐릭터를 눌러서 모든 화면에 〈드래곤볼〉 캐릭터가 나왔다. "요우코소 제이월드니."(환영합니다. 제이월드에.)라고 말하는 모습이 '어서 와~. 〈드래곤볼〉 세계에!' 하는 것 같았다. 제이월드는 《소년점프》의 테마파크지만, 나에겐 마치 〈드래곤볼〉의 세계에 들어가는 기분이었다. 처음에는 〈드래곤볼〉 캐릭터 카드를 빨리 많이 눌러서 벽면 가득 〈드래곤볼〉 캐릭터들이 나오는 줄 알았다. 이 오해는 세 번째 방문 때 풀렸다. 빨리 눌러서가 아니라 정해진 시간에 한 만화 캐릭터들이 뜨면서 제이월드 환영 인사를 해 주는 것이었다.

어서와
DB 세계에

!
흐뭇
오~
신속한걸
재빠르게!
터치 하기!!

• 제이월드 〈드래곤볼〉 테마파크

만화에 나왔던 모습을 그대로 나타낸 장소가 있다면 설레지 않을 팬이 있을까? 신룡의 모습을 띤 입구와 포토존으로 준비된 근두운 그리고 뒤로 보이는 사이야인 일당이 타고 다니던 우주선이 보인다. 근두운을 보니 소년기 오공의 모습이 떠올라 오공이처럼 서서 찍고 싶었다. 하지만 아쉽게도 바닥이 낮아서 결국, 찍지 못했다. 〈드래곤볼〉 공간의 첫인상은 '프리저군의 우주선 속은 이런 느낌일까?' 생각이었다. 주변의 캡슐 코퍼레이션 마크를 보고서야 프리저군의 우주선이 아닌 캡슐 코퍼레이션의 모습을 본 따 만든 공간임을 알게 되었다. 눈에 가장 띄는 〈드래곤볼〉 사이야인 일당이 타는 우주선이 가장 가운데에 있었다. 친구가 찍었던 지구에 떨어진 우주선 모습과 다른 모습에 '혹시 매번 다르게 공간을 꾸미는 걸까?' 하는 기대가 들었다. 우주선에 직접 탑승하자 만화에서만 보던 우주선에 직접 탑승하는 영광을 누리는 것 같은 기쁨과 한편으로는 생각보다 비좁은 공간에 '이 안에서 며칠간 다른 별로 이동하면 답답하지 않을까? 덩치가 큰 내퍼는……. 어떻게 들어가 있지?' 하는 궁금증이 들었다.

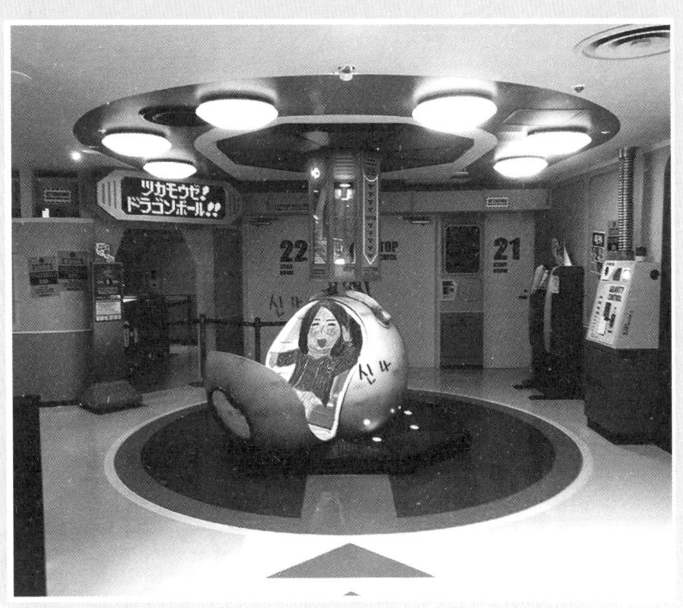
ツカモウゼ!
ドラゴンボール!!
22
STOP
21
신나
신나

'라테츠의 전투복'과 '스카우터'가 있었다. 피콜로의 마관광살포가 꿰뚫은 자국이 선명하게 남아 있는 이 전투복 전시물은 뒤에 서서 기념사진을 찍을 수 있도록 설치되어 있었다. 자신만만하게 지구에 와서 조카인 손오반에게 한 방 먹고 결국은 피콜로의 마관광살포로 끝난 라테츠처럼 사진을 찍어 봤다. '제 전투력 530000입니다!' –제286화 명대사와 어떻게 해도 숨을 수 없어서 위치를 들켰던 스카우터의 첫 등장은 공포의 신문물 같았다.

전투복 뒤에 서면 전투력을 측정할 수 있다. 처음 전투력이 나왔을 땐 공책에 적어서 전투력이 몇인지, 변신했을 때 얼마나 올라가는지 누가 강한지 계산했다가 점점 계산이 이상해져 그만뒀다. 그러나 스카우터의 신문물을 봤을 때의 놀라움과 긴장감은 잊히지 않는다.

둥둥
530000
CAUTION

콰
직
CAUTION

메인 공간이 지나면 무시무시한 대마왕과 자마스까지 봉인할 수 있었던 어떻게 보면 강한 한 방이 있는 마봉파와 기원참으로 프리저의 꼬리를 잘랐던 크리링처럼 착시 사진을 찍을 수 있는 그림이 벽에 그려져 있다.

* 참고

〈드래곤볼〉 제146화, 〈드래곤볼 : 슈퍼〉 제22화, 〈드래곤볼〉 제299화

조금 더 걸으면 천하제일 무도회에서 선수들이 입장하는 입구의 모습과 포스터가 있다. 이렇게 〈드래곤볼〉 공간이 끝난다. 전시 장소 외에도 약간의 돈을 투자하면 어드벤처를 체험해 볼 수 있지만, 한 번도 도전하지 않았다. 나이 제한이 있던 것은 아니다. 나는 참여보다는 관람이 즐거운 팬이다. 몸을 쓰며 즐기는 것보다는 눈으로 보고 사진으로 추억을 남기는 게 좋다. 거기다 당시 나의 나이 2n살, 차마 컨셉 놀이기구에 도전해볼 엄두가 안 났다. 부끄럼이 많은 나였다. 총 네 번을 방문했다. 방문 때마다 '오늘은 어떤 변화가 있을까?' 하는 기대와 설렘으로 〈드래곤볼〉 공간에 발을 디뎠지만, 언제나 같은 구조였다. 하지만 그럼에도 신나는 기분이 들게 하는 것이 테마파크의 매력이 아닐까? 같이 가는 친구가 매번 다르면 그 친구와는 처음이니까 새로운 기분이 든다. 이후에도 여러 번 〈드래곤볼〉 여행을 했지만, 이 공간처럼 만화의 모습을 잘 재현해서 즐거움을 선사해 준 곳은 없었다. 만약 다음에 다시 오픈한다면 또다시 방문하고 싶다.

DRAGON BALL Z
天下一武道会

• 제이월드 음식

제이월드에 가기 전 〈드래곤볼〉 공간만큼 기대한 것이 있다면 바로 제이월드 안에서만 먹을 수 있는 캐릭터 음식이었다. 금강산도 식후경이라는 말이 있듯이 나는 구경하기에 앞서 가장 마지막에 있는 푸드코트부터 갔다. 제이월드답게 점프의 대표 캐릭터들이 음식을 먹고 있는 모습의 만국기가 달려 있는 푸드코트다. 테마 공간에는 변화가 거의 없었던 것에 비해 푸드코트는 매번 다른 메뉴가 준비되어 있었다. 이왕 먹는다면 맛이 없더라도 〈드래곤볼〉 음식을 먹고 싶었다. 그래서 언제나 〈드래곤볼〉 음식을 주문했다. 맨 처음 뭣도 모르고 왔을 때는 "무조건 다 먹어 보겠어!" 하고 욕심을 내며 전부 주문을 했으나, 딱 처음뿐이었다. 제이월드의 푸드코트 음식의 맛을 어찌 표현해야 할까? 아침 식사를 하지 않아 배가 무척 고픈 상태로 갔지만, 이상하게 음식이 입에 들어간 순간부터 밥 생각이 들지 않는 그런 맛이다.

처음엔 '피콜로와 오반의 사제애 로코코퐁 플레이트'를 받아 들고 어떻게 먹는 걸까 한참 고민했다. 그러다 야채와 고기만 먹었다. 피콜로가 오반을 구해 줬던 장면을 보고 슬퍼서 목이 멨는데 딱 그 목 막힘을 재현해 놓은 텁텁한 맛이었다.

"치느님은 어떤 것이든 진리!" 하고 먹은 갤리포 카리야게는 갤리포가 얼마나 강한지 알 수 있는 짠맛을 선사했다.

오공의 햄버거는 두 번 먹었다. 베이컨과 치킨, 양배추가 주재료였던 햄버거. 이 햄버거는 '아, 하긴 산속에서 사는 오공이가 햄버거를 만든다면 소스 없이 만들겠구나.' 하고 납득하면서 먹었다. 일본에서 방영 중이었던 〈드래곤볼 : 슈퍼〉가 제이월드의 음식에 끼친 가장 큰 영향은 음료가 아니었을까? 미래의 트랭크스가 나오던 시기에 방문했을 때는 때맞춰 나온 타임머신 연료 음료수를 마셨는데 탄산수와 같이 시킨 오공의 햄버거와 합이 잘 맞았다. 그리고 슈퍼 사이야인 블루 오공 음료는 미묘한 맛을 내는 음료로 맨 아래 젤리가 있어서 마치 어릴 때 먹은 봉봉과 오렌지 주스 섞어 놓은 듯한 맛이었다. 신기하게 둘이 섞이지 않아 마시면서 미묘한 기분이 들었던 음료였다.

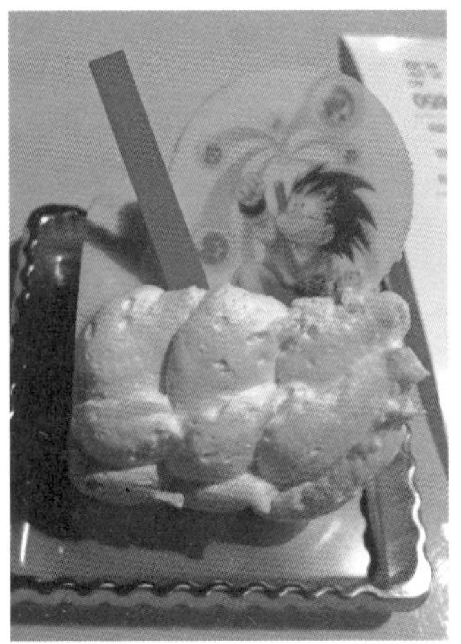

'신과 신'(신들의 전쟁)에 나온 '베지터 타코야끼'는 일반 타코야끼에 베지터 그림을 같이 둔 것이다. 그림 하나 얹었을 뿐인데 마치 극장판에서 베지터가 만들었던 타코야끼를 먹은 기분이었다.

제이월드에서 먹었던 음식 중에서 눈으로 음미하고 입으로도 즐길 수 있는 유일한 음식이었던 '날아라, 근두운!'. 디저트가 너무 귀여워서 사진만 찍고 한참을 먹지 않았던 기억이 있다. '날아라, 근두운!'은 달고 맛있었다.

굿즈샵

〈드래곤볼〉을 계속 좋아하고 싶다. 돈이 없을 때, 핑계의 대상이 되게 하고 싶지 않다. 그래서 나는 굿즈샵에서 물건을 볼 때, '이 물건을 사용할 수 있을까?' 하는 질문을 스스로에게 던진다. 책 종류는 사는 편인 반면 요즘은 쓰지 않는 열쇠고리, 캐릭터 옷을 잘 구매하지 않는다.

그러다 보면 살 수 있는 물건이 거의 없다. 그래서 제이월드에 갈 때면 '쓸만한 굿즈를 살 수 있을까?' 하는 기대도 한다. 하지만 제이월드에는 〈드래곤볼〉 외에도 다른 인기 점프 만화들이 있다. 나에게는 언제나 최고지만, 〈드래곤볼〉은 이미 지나간 만화이었던 걸까? 제이월드만의 특별한 굿즈보다는 점프샵, 후지티비, 돈키 등에서도 살 수 있는 굿즈들이 더 많았다. 그래서 그런지 총 네 번의 방문 동안 제이월드에서 구매한 굿즈 상품은 세 개밖에 없다.

이 상품들은 제이월드가 아니면 구매할 수 없을 것 같아서 구매한 굿즈들이다. 캡슐 코퍼레이션 동전 지갑과 컵, 드래곤 레이더 껌통이었다. 정말로 동전지갑은 이후 다른 곳에서 보지 못했다. 이제는 너덜너덜해진 동전지갑을 바꾸고 싶어 매번 같은 지갑을 하나 더 사려고 했지만, 결국 구매하지 못했다. 드래곤 레이더 통을 샀더니 껌이 들어가 있던 통은 특대 사이즈의 레이더 장난감이 되어 주었다. 캡슐 코퍼레이션 컵은 '미래의 트랭크스편'에서 부르마와 트랭크스가 쓰던 흰색 컵이 떠오르게 한다.

<처음 재이월드 오픈 선물이었던 재이월드 동전>

앞

뒤

앞

뒤

이성구. 이번이 마지막이라는 마음으로

여행을 가기 전에 망설이지 않은 적이 없다. 국내도 아닌 국외. 과제, 시험, 교수면담, 혹은 휴가 직전까지 업무 등… 단 한 번도 여행 가기에 최적인 날이었던 적이 없다. 그러다 보면 '지금 가야 하는 걸까?', '다음은 없는 걸까?' 하는 생각이 들기 마련이다. 나는 그런 순간마다 언제나 '앞으로는 없을지도 모른다.', '이번이 마지막일지도 모른다.'라고 생각한다. 그렇게 결국 난 노트북을 챙겨 들고 덕질을 하러 떠난다.

1. 아쉬움을 갖지 말고 다녀오자

오사카로 떠나기

〈드래곤볼〉은 1995년에 완결됐다. 내가 〈드래곤볼〉을 보기 시작했을 때는 이미 〈드래곤볼〉이 완결 난 시점이었다. 그래서 다음 권, 다음 편을 기다리는 데 오래 기다리지 않아도 되었다. 〈드래곤볼〉이 완결되고 나는 중학생이 되면서 다른 만화, 애니메이션을 보고 좋아하게 됐다. 어떨 때는 〈드래곤볼〉보다 더 좋아하기도 했다. 그래도 〈드래곤볼〉만큼 꾸준히, 오랫동안, 계속 좋아한 만화는 없었다.

완결 후 2013년에 〈드래곤볼 Z〉 극장판이 나왔다. 그때 소식을 듣고 새로운 내용의 〈드래곤볼〉이 나온다는 것이 기뻤다. 한국 개봉 날짜만을 기다렸다. 학기 시작하기 직전에 개봉한 극장판은 상영 횟수가 많지 않아 보러 가기 힘들었다. 기다린 만큼 충분히 보지 못한 아쉬움과 '뭔가 많은 캐릭터 굿즈들과 콜라보를 한다거나 영화관에서 주는 특별 굿즈들이 준비되어 있지 않을까?' 했던 기대와는 달리 조용하고 빠르게 끝난 것이 너무나 허무하면서 아쉬웠다. 한편으로는 한국에서의 〈드래곤볼〉 인기가 이제는 이 정도밖에 안 된다는 것을 확인한 것 같아서 슬펐다.

그래서 2015년 극장판 '부활의 F' 개봉 소식이 나왔을 때는 '일본에 가서 봐 볼까?' 하는 생각이 들었다. 그땐 정말로 이 극장판이 마지막일 것 같았다. 혹시나 한국 상영 기간을 또 놓쳐서 아쉬움이 남으면 어쩌나 걱정이 되었다. 일본 개봉은 4월 18일이었다.

맞춰서 가고 싶었지만, 중간고사 직전에 떠나는 것은 아무래도 부담스러웠다. 날짜를 조금 늦추고 어느 지역에 갈 것인가 고민했다. 〈드래곤볼〉 상영만 하면 어느 지역을 가도 상관이 없었던 나는 우연히 한 블로그에서 오사카 코믹시티 스파크 소식을 보고 5월 8일 오사카로 가게 됐다.

나는 아침에 일찍 일어나 움직이는 것을 좋아하지 않는다. 혼자 여행을 갈 때는 되도록 오후 비행기를 타 그날은 숙소에 가서 자는 것으로 마치고 그다음 날부터 여행을 시작하는 편이다. 저녁에 도착한 오사카 공항은 한산했다. 전철을 타고 숙소로 가는 길에 본 오사카의 직장인들, 불금을 즐긴 듯한 학생들의 모습은 한국에서의 전철 모습과 별반 다르지 않았다. 다만 예전 전철의 모습과 비슷한 오사카의 전철을 보면 과거로 온 듯한 느낌도 받는다. 숙소는 저렴한 캡슐 호텔과 비슷한 숙소로 잡았다. 1인실인 듯 아닌 듯한, 1.5인실 같은 숙소의 침대에 들어갈 때면 왠지 모르게 건담에서 나온 우주선 안의 침대가 떠오른다.

부활의
F

〈드래곤볼〉 극장판을 볼 수 있을까?

오사카의 덕질 여행 계획은 다른 나라를 여행할 때처럼 세세하게 짜지는 않았다.

1. 〈드래곤볼〉 극장판 2D, 3D 보기.
2. 고베에 살고 있는 유타 만나기.
3. 코믹시티 스파크 가기.

이렇게 큰 틀만 짜놓았다. 오사카에서 맞는 첫날은 〈드래곤볼〉 극장판만을 보기 위한 날로 일어나서 구글에 〈드래곤볼 : 부활의 F〉를 검색했다. 가장 가까운 영화관을 가면 되겠지 하는 막연한 생각이었다. 한국에서 〈겨울왕국〉이 2D, 3D, 4D 등 많이 상영했던 것만큼 〈드래곤볼〉도 일본에서는 많이 상영할 것이라는 막연한 예상이었다. 그런데 생각했던 것과 다르게 3D는 오전에 끝이 나고 2D는 오후까지 상영한다는 결과가 떴다. '설마 일본인데 이것밖에 상영을 안 한다고? 거짓말이지?' 믿고 싶지 않은 현실이었다. 숙소 주변에는 영화관이 별로 없는 것을 확인하고 일단은 급한 마음에 유일하게 아는 역, 신오사카 역 방향으로 향하는 지하철 JR을 탔다. JR이 신오사카 역으로 달려가는 동안 내 핸드폰도 위치에 맞춰 영화관 정보를 업데이트했다. 그중에서도 영화를 많이 상영하는 신오사카 역의 스테이션 시네마를 가기로 했다. 3D를 놓친 만큼 2D만큼은 봐야 한다는 생각이었다. '경쟁이 치열할 텐데 볼 수나 있을까?' 하는 초조한 마음이 들었다.

오후 3시쯤에 영화관에 도착했다. '가장 빠른 영화를 봐야 하나…?' 걱정했던 것과는 달리 현지에서는 상영한 지 한 달이 지난 시점이어서인지 빈 좌석이 많았다. '그렇다면 식사를 하고 주변 좀 둘러볼까…' 그렇게 오후 시간대의 영화를 예매했다.

영화를 보기 전 오사카를 보기

빨간 타코야끼 자동차가 길에 자주 보이기 시작한 건 중학생이었던 때 이후부터였다. 일본 드라마 열풍이 분 영향이었다. 그 때까진 친구들과 타코야끼를 자주 사 먹은 기억 때문에 '일본 = 타코야끼' 이런 공식이 내 머릿속에 박혀 있었다. 첫 일본 여행은 중학교 때였다. 학교에서 일본 배낭여행부였던 무지가 일본에 가게 되었을 때, 가는 사람 수가 적어 나와 시지도 운 좋게 도쿄여행에 따라갈 수 있었던 것이다. 도쿄에 갔을 때는 타코야끼 가게가 보이지 않아서 '흠… 본토지만, 한국보단 가게가 적나 보구나….' 하고 생각했다. 그러다 후에 일본판으로 본 〈코난〉에서 헤이지와 카즈하가 '오사카의 명물 타코야끼'라고 이야기하는 것을 보고 타코야끼가 오사카의 음식인 것을 알았다.

중학생 시절의 추억의 음식이자 만화에서 나오던 오사카의 타코야끼를 맛보기 위해서 간 가게는 문어 간판을 달고 있었다. 한국에서 먹었던 타코야끼보다 크기가 더 큰 만큼 가격도 높았다. 뜨거운 것을 잘 먹지 못하는 난 적당히 식혀서 입에 넣었다. 그 때 먹은 오사카 타코야끼의 겉은 바삭하고 속은 흐물흐물한 식감과 커다란 문어의 맛은 평생 잊지 못할 것이다. 이 세 가지가 절묘하게 섞인 타코야끼의 매력을 잊을 수 없다. 식사를 마치고 오사카의 아키하바라 덴덴 타운으로 향했다.

여행 전에 과제와 쪽지시험을 치르느라 오사카 여행 책자도 읽지 못했다. 그래서 지금까지도 덴덴 타운을 제대로 둘러본 것인지 아닌지조차 가늠이 잘 안 된다. 그래도 덴덴 타운에서 여기저기 장식하고 있는 피규어들을 구경하면서 재밌었다. 본 적 없던 피규어들을 발견할 때면, 살까 말까 고민하다 현금을 확인하고 다음 여행 일정을 머릿속으로 가늠 한 뒤에 피규어를 눈에만 가만히 담기를 반복했다. 그러다 작지만, 소장가치가 있는 피규어들을 발견했다. '부활의 F'에 나오는 프리저를 두 동강 내버리는 미래의 트랭크스와 〈드래곤볼〉 소년기 엔딩에 나오는 부르마, 한참 자괴감에 빠져 있다가 다시 자신감 찾은 —개인적으로 가장 좋아하는 모습일 때의— 베지터, 포타라를 하는 베지터였다. 결국, 이렇게 네 개의 소형 피규어는 구매했다.

오사카의 유명 관광지를 둘러보고 시간을 확인했다. 주변 관광지를 둘러봐서인지 영화 시간까지 아직 여유로웠다. '어딘가 또 갈 곳이 없을까?' 오사카, 〈드래곤볼〉을 검색하다 보니 오사카의 점프샵이 나왔다. 위치도 신오사카 역 주변! 이건 가라는 운명인 건가? 그렇게 오사카의 점프샵으로 향했다. 에스컬레이터를 타고 '본토에서는 극장판 상영인 만화의 상품이 한가득일 거야!' 두근거리는 마음으로 한 층, 한 층 올라갔다. 그리고 그런 내 기대에 화답이라도 하듯 멀리서 손오공, 베지터의 등신대가 보였다. 화면에는 '부활의 F' CM을 계속 상영해 주고 있었다. 안에 들어가서 상품을 구경했다.

점프샵에서는 말 그대로 점프의 만화 캐릭터 관련 굿즈를 팔고 있다. 그리고 이 샵에서 비중을 얼마나 차지하고 있는지를 보면 현재 점프에서 잘나가고 있는 만화가 어떤 것인지 짐작을 할 수 있다.

일본에서도 뒷방 신크가 된 건 아닌지 걱정되는 마음에 나도 모르게 〈드래곤볼〉 굿즈들을 다른 만화의 굿즈들과 비교해 봤다. 극장판 덕인지 큰 비중을 차지하고 있었다. 왠지 모르게 안심이 됐다. 마음 편히 구경을 시작했다. '부활의 F'의 영향인지 프리저 쓰레기통과 타올, 클리어 파일 등이 있었다. 다른 것은 모르겠지만, 쓰레기통은 왠지 구매하고 싶었다. 프리저 쓰레기통의 가격은 1800엔, 세금까지 합치면 약 2만 원이었다. 앞서 구매했던 피규어의 가격보다 비싼 쓰레기통을 구매할 것인가 말 것인가 프리저 쓰레기통 앞에 멈춰서서 고민을 했다. 2만 원짜리 쓰레기통…. 하지만 프리저 쓰레기통은 값어치가 있다. 다음 날 계획에 포함된 코믹시티 스파크에서 돈을 얼마나 쓸지 가늠해 봤다. 쉽게 가늠이 되지 않았다. 고민하다 끝내 구매하지 않기로 했다. 아무래도 쓰레기통을 2만 원에 사려니 돈이 아까웠다.

드디어 보는 '부활의 F'

여행 계획은 세우지 않았지만, '부활의 F' 영화 콜라보 상품과 영화 내용은 대강 찾아보고 갔었다. 영화관과 콜라보한 〈드래곤볼〉 팝콘통이 특히 마음에 들어 구매하기 위해 조금 일찍 영화관으로 향했다. 영화 시작 시각보다 30분 일찍 영화관에 도착했다. 콜라보하는 영화관이 따로 있었던 걸까? 아니면 개봉하고 너무 늦게 와서일까? 영화관에 있는 것은 프리저의 사과와 여지 스무디뿐이었다. 스무디는 원래 존재하던 상품에 그저 "프리저"라는 이름만 붙였을 뿐인 600엔짜리 스무디이다. 애초에 프리저 색인 보랏빛도 아니었다. '그래, 이왕 〈드래곤볼〉을 보러 일본까지 왔으니 이벤트 음료는 마셔 줘야지!' 하고 스무디를 사 상영관에 들어갔다. 일본에서의 첫 영화 감상이었다. '내가 살면서 이렇게 일본에 와서 〈드래곤볼〉을 보게 될 줄이야!' 광고가 끝날 때까지 약 10분 동안 주변의 관람객들을 구경했다. 사람은 얼마 없었지만, 국적만 다르지 모두 같은 장르 팬이라 생각하니 내적 친밀감이 솟아올랐다.

곧이어 영화가 시작됐다. 나도 모르게 자막을 찾고 있었다. '아 일본이니까 자막 없지?' 깨닫고 열심히 이해하려고 노력하면서 봤다. 첫 번째 상영이 끝나고 서둘러 꺼 두었던 핸드폰을 켰다. 놓친 장면들이 있다면 다음에는 놓치지 않기 위해 영화 스포를 찾아봤다. 그러자 두 번째 상영 때는 첫 번째보단 훨씬 일본어가 잘 들렸다. 한결 나아진 이해와 놓친 장면들을 다시 한 번 자세히 볼 수 있었다. 그동안 애니메이션 영화는 굳이 영화관에서 관람해야 할 필요를 잘 느끼지 못했는데 〈드래곤볼〉을 큰 화면으로 보니 생각이 달라졌다. 작은 화면으로 봤던 것보다 더 큰 박진감과 경쾌함이 좋았다. '역시 일본에 오길 잘했어' 하는 마음이 들었다.

처음으로 자막 없이 본 〈드래곤볼〉. 사실 일본에 오기 직전까지도 영화에 대한 걱정이 많았다. '일본어를 잘 못하는데 일본 영화를 볼 수 있을까?' 걱정과는 달리 이해하는 데 별문제가 없었다.

주변에서 간혹 자막 없이 영화를 보니까 일본어를 잘한다고 오해를 하는데 사실 〈드래곤볼〉을 아는 사람이라면 모두 알겠지만, 〈드래곤볼〉에는 대사가 많이 없고 그마저도 이미 익숙했기에 이해하는 데에 큰 어려움이 없다. 이때 이후 영화 언어에 대한 막연한 걱정이 많이 줄었다. 일본 여행 중에 때마침 알거나 좋아했던 애니메이션이 극장판으로 나와 있으면 챙겨보는 편이다.

‘부활의 F’ 한정판 이벤트 선물?!

‘부활의 F’가 상영했을 때는 한정판 이벤트를 진행했었다. ‘신과 신’(신들의 전쟁) 때의 분위기는 어땠는지 잘 모르겠지만, ‘신과 신’(신들의 전쟁) 다음으로 ‘부활의 F’도 원작자 토리야마 아키라 님이 직접 참여한 극장판이었다. 광고에서도 그 부분을 특별히 강조하며 선착순 350만에 들어가야 ‘부활의 F’ 설정집과 카드 이벤트 선물을 준다고 했다. 영화를 보러 오사카에 갔을 때는 이미 상영한 지 한 달이 지난 상황이었다. 한정판 설정집을 받고 싶어서 일찍 갈까도 생각했지만, 학교를 버리고 가자니 시험은 못 봐도 출석만큼은 만점 받자는 내 의지에 반하는 행동이었다. 그래서 영화만 보는 것에 만족하기로 하고 설정집은 포기했었다. 그리고 오사카 주변인 고베에서 사는 친구 유타가 흔쾌히 오사카까지 오겠다 하여 약속을 잡았다. 그런데 유타와 메시지를 주고받고 며칠 지난 후 한정판 설정집 사진과 함께 라인 메시지가 왔다. “둠둠 선물이야 ^^ 오사카에서 만나면 줄게!”

일본인은 전부 오타쿠이거나 만화를 좋아할 것이라는 편견이 있었던 나에게 꼭 그렇지도 않다는 사실을 알려준 일본인 친구 유타. 〈드래곤볼〉은 주인공 외에 기뉴특공대 정도만 기억하고 있는 그가 〈드래곤볼〉 영화를 봤을 거라는 기대는 하지 않았다. 그런데 나를 위해서 개봉한 직후 영화관에 가서 한정판 상품을 받아 왔다는 것이었다. 고맙고 기뻤다. 오사카에서 만났을 때 선물을 받으면서 '부활의 F' 어땠냐고 물어보는 나에게 유타는 영화표를 끊기는 했지만, 보지는 않아서 내용은 모른다고 웃으며 말했다. 설정집을 받기 위해 영화관에 간 그가 웃기기도 하고 나를 위해 그렇게까지 노력해 준 게 고맙기도 했다.

한정판 책에는 캐릭터 설정과 대본 그리고 중간에 Q&A 설명이 있다.

Q. 오천, 트랭크스는 왜 등장하지 않았는가?

A. 후세대 전사를 잃을 수가 없기 때문입니다.

예를 들면 위의 인용문처럼 영화를 보고 가질 만한 의문에 대한 답변을 볼 수 있다. 이 책을 소유한 것이 너무나 뿌듯하다.

2. 남들은 놀이기구를 타러 가지만 난 보러 다녀왔지

약 8일간의 여름휴가 계획은 출발 몇 달 전부터 짜 두었다. 내가 〈드래곤볼〉을 좋아한 지 약 20년이 된 해를 기념하고자 떠나는 여행이었다. '기억에 남는 〈드래곤볼〉 여행을 떠나자!' 하며 제이월드 점프전, 나고야 가서 '드래곤볼 전골' 먹기, '드래곤볼 보물찾기' 참여하기 정도의 계획을 세우고 도쿄행 비행기를 예약했었다. 그러다 떠나기 며칠 전 트위터에 올라온 유니버셜 스튜디오의 이벤트 〈드래곤볼〉 4D 소식을 봤다. 서둘러 숙소와 비행기를 변경하면 수수료가 얼마나 드는지 머릿속으로 계산했다. 약 5~7만 원의 수수료가 들었다. 아까웠다. 항상 사 먹는 커피우유를 떠올렸다.

'수수료만 내면 숙소 같은 건 오사카가 더 싸긴 한데…. 앞으로 한 달 정도만 커피우유 자제할까? 오사카에서 도쿄 가는 건 이미 구매한 JR 패스권 이용하면 되니까…. 지금 아니면 유니버셜에서 〈드래곤볼〉 4D를 못 볼지도 모르잖아?'

결국, 커피우유를 포기하기로 하고 비행기와 숙소 예약을 취소했다. 다시 예약하는 것까지도 순식간이었다. 하지만 아무리 나홀로 여행을 즐긴다 해도 놀이동산까지 혼자 가는 건 무리였다.

마침 다행히 친구인 무지와 무지 일행이 일본에 있어 함께 가기로 했다. 무지 일행과 유니버셜 스튜디오 앞에서 만났다. 입장하기 전 오사카의 타코야끼 박물관을 찾아가 점심을 먹었다. 우리는 이왕 박물관에 온 거, 새로운 시도를 해 보자며 유타가 추천해 준 아카시야끼와 처음 보는 모양의 타코야끼를 주문했다. 아카시야끼는 일반 타코야끼보다는 폭신폭신하고 소스에 찍어서 먹는 것이 꼭 계란탕 같았다. 그냥 주문했던 타코야끼는 위에 명란 소스가 발라져 있는 타코야끼였다. 우연히 시킨 그 명란 타코야끼는 고소하면서도 적당히 짭짤한 맛으로 꽤 먹을 만했다. 한국에 돌아와 몇 번이나 생각 날 정도였으니 말이다. 또 한 번 먹어 보고 싶은 타코야끼다. 식사를 하고 유니버셜 스튜디오로 발걸음을 옮긴 우리는 가장 먼저 〈드래곤볼〉 4D로 향했다.

STUDIO'S
THE REAL 4-D
여기가
바로
4D 장소!
4D!
4D!

건물은 마치 서커스를 공연하는 천막처럼 생겼다. 간판에는 크게 'DRAGON BALL'이라고 쓰여 있었고 앞에는 〈드래곤볼〉 4D 기획 상품을 파는 판매대가 있었다. 그리고 뒤로 이어진 긴 줄을…. 이때의 나는 뭣도 모르고 여름에 갔지만, 습한 일본의 여름을 한 번 겪어 보니 다시는 여름에 실외 활동을 하고 싶지 않았다. 그래도 길고 긴 줄을 혼자가 아닌 셋이서 기다려서 시간이 금방 갔다. 화장실을 참지 않아도 되고 답답하면 돌아가며 잠시 다른 곳에 다녀올 수도 있었다. 무엇보다도 수다 상대가 있어서 심심하지 않았다.

같이 온 일행이 판매대에 있는 특전품 프리저 콜라를 살까 말까 고민했다. "유일하게 아는 프리저 통을 사는 건 두고두고 일본 여행의 추억이 되지 않을까요?" 지금도 사지 않은 것을 후회하는 2000엔의 가치를 충분히 가지고 있던 퀄리티에 실용성까지 갖춘 프리저 콜라통. 구매할까 말까 한참 고민을 하다가 다음 날 나고야로 '드래곤볼 전골'을 먹으러 떠나는 일정과 이후 여행 일정을 생각했을 때 큰 짐이 될 거라는 생각이 들어 사지 않았다. 그래서 일행이 구매하길 바랐다. 내 바람처럼 일행은 구매를 했고 덕분에 콜라통을 가까이에서 영접하여 사진을 찍을 수 있었다.

UNIVERSAL STUDIOS
CINEMA
SNACK
DRINKS
SNACKS
フリーザ
第一形
ドリンクボ
FIRST FORM
DRINK BOTT
¥2,000
프리저 콜라통

기다리는 사람들에 대한 나름의 배려였는지, 분사기로 물을 뿌려줬다. 그 물로 얼굴이 촉촉해졌다. '설마 비비가 묻어 흐르는 건 아니겠지….' 하는 걱정을 하며 약 한 시간 삼십 분을 기다렸다. 드디어 우리 차례가 다가왔다. 솔직히 이때는 〈드래곤볼〉을 봐서 기쁘다기보다도 실내에 들어가는 기쁨이 더 컸다. 큰 강당 같은 곳에 입장하자 화면에 뜨는 캐릭터 모습들이 보였다. 계속해서 들어오는 사람들을 보며 '설마 이 안에서 또 기다리는 걸까?' 걱정했지만 어느 정도 강당이 찼을 때쯤 부르마의 주의사항이 나왔다.

카메라 사용 금지, 의자 발로 차는 행위 금지 등등의 설명을 듣고 드디어 입장을 했다. 3D 안경을 끼고 들어가니 의자가 움직이는 것이 3D 겸 4D 대형 영화관 같은 느낌이었다. 영상은 초반에 피라후가 프리저를 부활시키고 지구를 침략하는 짧은 에피소드였다. 상영시간은 금세 지나갔다. 기다림에 비해 너무 짧았지만 〈드래곤볼〉을 4D로 볼 수 있어 기뻤다.

이벤트성이라 그런지 캐릭터 설정이 정사 내용과 안 맞는 것도 있었다. 팬들과 함께하는 틀린 그림 찾기 게임 같은 느낌이었다. 예를 들면 부르마는 프리저 때의 부르마인데 베지터는 마인 부우 때의 베지터였다. 이것을 알아챘을 때, '아, 내가 〈드래곤볼〉을 허투루 보지는 않았구나.' 싶어서 속으로 환호했다. 손오공의 활약은 짧고 굵게 나왔고 다른 캐릭터 등장은 시간상 힘들었는지 한 번에 나왔다. 기다림은 길고 즐거움은 한순간이었다. 밖으로 나가기 직전에 〈드래곤볼〉 굿즈들을 구경했다. 이 수많은 굿즈 중에 어떤 것을 사야 다시 봐도 후회하지 않을까 고민되었다. 사고 싶은 것은 많은데 돈은 한정적이었다. 그런 고민을 하던 와중에 발견한 드래곤 레이더 시계. 학창 시절 한 만화에 나오는 회중시계를 만화 팬들이 사는 걸 부러워했던 것이 생각났다. 고민 없이 시계를 집어 들었다. 가격이 꽤 나가긴 했지만, 시계라서 실용적일 것이라 믿고 구매했지만 지금껏 한 번도 이 시계를 시계로써 사용한 적은 없다. 그래도 후회는 하지 않는다. 시계를 볼 때마다 뿌듯함에 역시 구매하기 잘했다는 생각이 든다.

뭔가 4D를 봐서인지 〈드래곤볼〉 노래가 부르고 싶은 기분이 들었다. 〈드래곤볼〉 4D를 본 후 스파이더맨 놀이기구를 한 번 타고 일행과 헤어졌다. 돌아가는 길에 숙소 근처에 있는 가라오케에 들렀다. 일본 가라오케의 장점은 다양한 〈드래곤볼〉 노래를 부를 수 있고 화면에 〈드래곤볼〉 장면이 나온다는 점이다. 화면에 애니메이션의 오프닝과 엔딩이 나올 때, 부르는 기분이 더 업된다. 누군가 덕질 여행을 한다면 가라오케를 꼭 추천한다. 가서 노래를 부르며 화면에 자신이 좋아하는 애니메이션 장면들이 나오는 것을 보고 듣고 보는 즐거움을 누렸으면 좋겠다.

DAM
WE GOTTA POWER
森雪之丞 詞
石川恵樹 曲

삼성구. 처음으로 다른 덕후님들을 만나다

중학교 때 친구가 '공연 구경 가자!' 하면서 서울 코믹에 데리고 갔다. 코스프레와 많은 2차 창작품들…. 생전 처음 가 본 코믹 현장은 신세계였다. 하지만 좋아하는 작품이 대세와 다르면 즐거움이 적다. 그래서 한두 번 구경 가다가 이후엔 가지 않았다. 그리고 2015년 미호 님의 블로그를 보고 한참 후에 코믹과 비슷하면서도 다른 코믹시티인 스파크에 갔다. 처음 갔을 땐 문화충격을 받았지만, 온리전과 한국의 배포전을 다녀오면서 그곳 특유의 분위기가 좋아졌다. 회지 사는 것을 멈추고 주변을 둘러보면 서로 처음 본 사람도, SNS에서만 알던 사람들도, 모두가 같은 장르로 하하 호호 즐겁게 대화하고 있다. 훈훈한 분위기가 연출된다. 같은 장르를 좋아한다는 것만으로도 충분한 내적 친밀감을 느끼게 된다. 덕후들이 다 같이 소속감을 느낄 수 있는 축제 이벤트.

1. 2015년 코믹시티 스파크를 다녀오다

2015년 〈드래곤볼〉 극장판을 보기 위해 일본 항공권을 알아봤다. 가장 저렴하게 갈 수 있는 곳 위주로 찾아봤다. 어차피 관광을 목적으로 하는 여행이 아니었기에 어디든 상관없었다. 평소처럼 인터넷에 〈드래곤볼〉, 극장판, 손오공, 베지터… 등등을 검색하다 우연히 미호님의 블로그에 들어가게 됐다. 그 글에는 〈드래곤볼〉 온리전 참여 글이 있었다. '아, 이게 뭘까? 언제 하는 거지?' 5월인 것 외에는 어떤 정보도 알 수 없었다. 글에 댓글을 달아 정보를 얻을 것인가 참을 것인가 고민했다. 댓글을 다는 것도 조심스러웠던 나는 망설였다. '이번이 아니면 〈드래곤볼〉 온리전을 구경하는 경험을 못 할지도 몰라.' 다시 미호님의 블로그에 들어갔다. 어떤 식으로 말해야 정중해 보일까 고민하며 여러 번 댓글을 썼다 지웠다.

생각보다 빨리 답글이 달렸다. 위치와 날짜, 시간 그리고 라인 아이디를 알려 주시며 행사장 장소에 도착하면 꼭 연락을 달라고 당부하셨다. 그렇게 나는 오사카에 갔다. 이때까지 코믹시티 스파크에 대해서 전혀 몰랐다. 막연하게 '중학교 때 가 봤던 서울 코믹과 비슷한 걸까?' 생각하며 미호님이 알려 주신 장소로 향했다. 역에서 내려 지도를 보며 찾아갔다. 그런데 '제대로 가고 있는 걸까?' 하는 의문이 들 정도로 주변에 〈드래곤볼〉의 관한 것이 아무것도 없었다. 걱정이 들 때쯤에 멀리 작은 캐리어를 끌고 가는 분들이 보였다. 서울 코믹에서도 많이 봤던 캐리어 부대의 모습과 흡사했다. '저분들 뒤만 따라가면 되겠다!' 하고 무작정 그분들의 뒤를 쫓아갔다.

안심하고 따라가던 차에 갑자기 두 갈래로 무리가 갈라졌다. '어느 쪽을 따라가야 하는 거지?' 머릿속이 하얘졌다. 길을 물어보기 위해 지나가던 일본인에게 말을 걸었다.

"안녕하세요. 이 지도에 있는 곳을 가고 싶은데 혹시 길을 아시나요?"

"[illegible]"

"아! 감사합니다!"

"어떤 행사를 찾아가시나요?"

"드래곤볼 이요!"

"아, 드래곤볼 [illegible] [illegible]"

이때서야 〈드래곤볼〉만 있는 행사가 아니었음을 알았다.

큰 행사장에 〈드래곤볼〉만을 위해 모인 많은 팬의 모습을 기대했는데 뭔가 아쉬웠다.

역시 현지인의 안내가 있어서인지 행사장에 금세 도착했다. 미호님에게 연락을 드리고 기다렸다. 처음 만나는 〈드래곤볼〉 팬과의 대화였다. '무슨 말을 해야 할까? 보통은 무슨 대화를 하지? 나를 안 좋아하시면 어쩌지….' 긴장하며 할 말들을 정리하는 사이 미호님이 도착했다. "안녕하세요, 둠둠님 이시죠? 반가워요! 오사카에서 한국 〈드래곤볼〉 팬을 만나서 너무 반갑네요."

밝게 인사를 해주는 미호님을 보고 안심이 되었다. 〈드래곤볼〉이 있는 장소로 데려다주시고는 이번 온리전에 참여하신 작가님들과 인사시켜 주셨다. 작가님들과의 만남까지는 상상도 못 했는데 놀랐다. 미호님이 이것저것 추천 회지를 알려 주셔서 구매했다. 이때 코믹시티 스파크라는 것을 처음 가 본 나는 작가님들과의 만남에 일단 1차 충격을 받고, 어마어마한 규모에 2차 충격을 받았다. 얼떨떨한 상태로 순식간에 시간이 지나갔다. 뭐를 샀는지 어떤 작가분과 인사했는지 명함을 받았는지 기억들이 뒤엉켰다. 이때의 기억과 감사한 마음이 지금도 생생하다.

〈드래곤볼〉을 좋아한 지는 꽤 되었지만, 팬 교류를 하지 않고 숨덕으로 지냈다. 정보는 누군가가 올린 블로그 글 또는 카페를 통해 모았고, 2014년부터 다이어리에 조금씩 기록하는 것처럼 혼자서 덕질을 소소히 기록하려고 시작했던 블로그가 전부였다.

같은 장르를 좋아하는 사람을 만난 것은 미호님이 처음이었다. 이날 이후로도 참여한 행사는 있지만, 직접 다른 팬과 이야기하고 회지를 추천받은 것은 그날이 처음이자 마지막이었다.

미호님 덕에 〈드래곤볼〉 소식과 정보를 트위터에서 얻을 수 있다는 것도 알게 되었다. 정보 없는 숨덕으로 살아가던 나를 정보를 볼 수 있는 숨덕으로 살아가게 해 준 분이다. 미호님과의 만남이 좋은 기억으로 남아 '팬들끼리 하는 행사도 가 볼까?' 하는 마음이 생겼다. 나에겐 미호님이 처음 산속에 살던 오공을 데리고 나온 부르마과 같은 존재였다. 미호님을 만나지 않았다면 이후의 〈드래곤볼〉 여행은 없었을지도 모르겠다.

2. 한국에도 배포전을 하네?

알 만한 사람들은 알고 있는 날, 3월 18일 사이야인 날이다. 이날은 〈드래곤볼〉 관련 게임에서 이벤트가 개최되기도 한다. 나는 게임을 하지 않아서 이날을 챙긴 적은 없다. 아니 애초에 '드래곤볼 카페'를 안 지 얼마 안 되었기에 이벤트 행사가 있는 줄도 몰랐을 것이다. '드래곤볼 카페'를 알게 되고 나에게는 첫 한국 행사였던 '모두의 HOPE!'에 가고 싶었다.

일본에서는 혼자서 잘만 갔건만, 한국 행사는 혼자 가기가 망설여졌다. 낯선 언어와 낯선 공간이었던 일본과 다르게 같은 언어를 사용하는 팬들을 처음 본다는 것에 긴장되었다. 유일하게 지인 중에 〈드래곤볼〉을 좋아하는 무지에게 연락했다.

"무지, 3월 18일에 〈드래곤볼〉 행사를 하는데 시간 되면 같이 가 줄래?"

"가서 뭐 하는데?"

"2차 창작 동인지도 구매하고 재미있는 게임도 하고!"

"음…, 그래, 같이 가자."

같이 갈 동지가 생기니 초조하고 망설여지던 마음이 곧 두근거리는 설렘으로 바뀌었다. 중학교 때 몇 번 서울 코믹에 갔을 때도 〈드래곤볼〉 동인지는 보지 못했다. 새로운 〈드래곤볼〉추억이 생긴다고 생각하니 기분이 좋았다.

공간이 주는 즐거운 기운. 어쩌면 이런 즐거운 기운을 받고자 매번 떠나고 싶었던 것 아닐까? 같이 갈 친구가 있다고 생각하니 마음이 든든했다.

도착하고 눈에 들어온 광경에 입꼬리는 절로 올라갔다. 같은 장르를 좋아하는 사람들이 모두 한곳에 모여 자신이 만든 2차 창작품을 뽐내고 있었다. 서로 알지 못하는 상황에서도 반갑게 인사하는 모습들을 보니 나도 그 일원이 된 것 같은 마음이 들었다. 마지막에는 〈드래곤볼:부활의 F〉 때 나온 빙고 게임을 했다. 좋아하는 캐릭터를 적고 빙고를 하는 게임이었다. 생각나는 캐릭터 이름을 빠르게 적기보다는 25칸밖에 되지 않는 이 작은 빙고 판에 '어떤 캐릭터를 어디에 적을까?' 오래 고민했다. 하나씩 지워지는 캐릭터의 이름에 빙고가 될 것인가 하는 마음보다도 내가 좋아하는 캐릭터 이름을 내 손으로 지워야 하는 것에 마음이 안 좋았다. "빙고!" 빙고가 되었다. 빙고게임의 상품은 피콜로 아크릴 스탠드였다.

'첫 아크릴 스탠드라니? 어디에 장식해 둘까?' 기분 좋은 상상을 하면서 '내 방의 피규어 장식장의 빈자리가 어디 있더라….' 생각했다. 빙고가 끝이 나고 추첨인 열쇠고리까지 받아 정말 오길 잘했다는 마음으로 자리에서 일어서는데 건너편에서 침울한 목소리가 들렸다. "하나도 못 받았어…." 옆의 친구한테 하는 소리였다. 눈대중으로 소녀의 나이를 짐작해 보았다. 중·고등학생 정도 나이로 보였다. 내 손에 든 상품을 한 번 보고 다시 그 소녀를 봤다. 누군가가 〈드래곤볼〉로 인해 좋은 추억을 가진다면 그것만큼 좋은 일이 어디 있을까? 내가 〈드래곤볼〉로 즐거운 추억을 쌓은 것처럼 그 소녀에게도 새로운 추억이 생기길 바라며 상품을 양도했다. 이미 나는 이 장소에서 좋은 마음과 새로운 추억을 얻었으니 그것이면 충분했다.

3. 2019년 온리전 천하쟁탈전을 다녀오다

〈드래곤볼〉 극장판 브로리가 대 히트를 치면서 팬들의 움직임도 활발해졌다. 극장판이 새로 개봉할 때마다 사막에서 오아시스를 발견한 것 같은 팬들은 흥분했다. 그 마음이 트위터, 블로그, 카페에서 심심치 않게 보였다. 그러다 우연히 트위터에서 본 소식! 2019년 6월 30일에 온리전 천하 쟁탈전을 한다는 것이었다. 동인지 행사를 잘 알지 못했다. '이건 2015년에 갔던 거와 비슷한 걸까?' 궁금증은 들었지만, 이것만으로 여행을 갈 마음이 들지는 않았다. 그렇게 잊어버리고 있던 이 행사는 우연찮게 가게 되었다. 외할머니의 구순 여행을 요코하마로 갔으면 하는 어머니의 제안이 받아들여진 것이었다. 일종의 효도관광이었다. '이왕 가는 여행, 효도관광도 하고 내 덕질 여행도 해야지!' 기말고사가 끝난 직후 여행 계획을 잡았다.

과제가 남아 있었지만, 언제나 그렇듯 과제는 행사를 구경한 후 숙소에서 하면 되니까 상관없었다. 노트북이 든 가방을 메고 일본에 갔다. 효도관광은 행사 이틀 전에 마무리가 되었다. 어머니와 외할머니를 나리타 공항까지 모셔다드렸다. 어머니와 외할머니가 한국으로 돌아가니 택시 타고 호텔에서 지내는 호화여행도 끝났다. 그렇게 원래 여행하던 모습으로 돌아왔다.

우에노 역에서 목적지인 마쿠하리 멧세까지는 약 1시간 거리였다. 느긋하게 출발했다. 이미 한 번 코믹시티의 스파크에 다녀왔기에 이번 온리전은 어떤 느낌인지 예상이 됐다. 가이힌 마쿠하리 역에 도착한 후 주변을 살폈다. 두리번거리며 캐리어 부대를 찾는네 주변이 고요했다. '뭐지? 왜 아무도 보이지 않는 거지?' 하던 찰나 어떤 여자가 캐리어를 끌고 가는 모습이 포착되었다. '저 사람만 따라가면 되겠구나' 모든 게 해결된 기분이었다. 수상한 느낌을 주지 않기 위해 적당한 거리를 유지한 채 뒤를 쫓았다. 그런데 도착해서 보니 아울렛 같은 장소였다.

'아 잘못 왔나 보다….'허겁지겁 핸드폰의 데이터를 켜고 지도를 검색해 봤다. 행사장까지는 걸어서 약 10분 거리였다. 다행히 가까운 곳에 있었다. 공원을 지나고 건물들을 지나갔다. 분명 구글에서는 10분 거리라고 했는데 왜 나는 30분이 걸린 걸까? 이건 아직까지도 의문이다. 그렇게 겨우 행사 건물에 도착했다. 코엑스가 생각나는 건물의 모습에 행사장까지 잘 찾아가기 위해 트위터에서 한국인 작가가 올린 글을 찾았다. 그 글에 올라온 사이트로 들어가려고 했다. 오랜만에 사용한 외국 유심에 핸드폰이 맛이 간 것인지 중요한 순간 인터넷이 안 되었다. '겨우 도착했는데 이 큰 건물에서 어떻게 행사장을 찾아야 하는 걸까?' 생각하다가 보니 포기하고 다시 숙소로 돌아가고 싶은 기분이었다. 그렇게 자리에 서서 계속 인터넷 연결을 시도했다. 얼마나 서 있었을까, 마침내 사이트가 떴다. 겨우 행사장을 찾아갈 수 있었다.

행사장에 도착해 덕질 여행의 순간을 사진으로 남겨두고 싶어 카메라를 들었다. 그러자 뒤에서 "죄송합니다. 사진과 영상은 금지입니다."라는 말이 들려왔다. 그제야 지나온 길에 있는 포스터의 글귀가 보였다. 지켜야 할 점들이 쓰여 있었다. "죄송합니다. 사진은 바로 지우겠습니다." 혹시나 하는 마음에 갤러리에 사진이 없는 것도 보여 주었다. 사진이 금지라면 눈으로 담아 가자 싶어 행사장을 둘러본 후 동인지를 파는 곳에 갔다. 가장 먼저 〈드래곤볼〉이 있는 곳에 다가가 천천히 동인지를 봤다. '색지아트를 이렇게 만들어서 팔 수도 있구나?' 팬이 그려낸 극장판 '브로리'의 부르마, 베지터 모습을 색지아트에 담아낸 그림은 하나만 있는 한정 상품인 것처럼 느껴졌다. 동인지 중에는 IF 미래 트랭크스의 세계인 책도 있었다.

누군가가 상상하고 새롭게 해석한 또 다른 〈드래곤볼〉이었다. 취향에 맞지 않아 구매할 수 있는 회지는 한정적이지만, 〈드래곤볼〉의 원작만 보던 나에게 이런 동인지는 새로운 원동력 그 자체였다. 이번 천하쟁탈전은 한국에서 한 트위터를 보고 알게 된 것이었다. 그분과 따로 이야기하지는 않았지만, 작게라도 이런 행사를 알게 해 준 것에 감사 인사를 전하고 싶었다. 전날 만다라케에서 구매한 〈드래곤볼〉 아트색지 중에서 그분이 좋아하는 브로리를 하나 더 구매하고 간단한 간식을 샀다. '드려도 될까 포장이라도 할 걸…. 비닐봉지는 너무 없어 보이지 않을까?' 여러 고민을 하다 '일단은 구경을 다 하고 얼른 드리고 떠나자!' 마음먹었다. 한 바퀴, 두 바퀴 행사장을 돌고서 "그림 잘 보고 있어요. 앞으로도 잘 보겠습니다. 이건 작은 선물이에요!" 빠르게 말하며 드렸다. 머리까지 부끄러움이 올라왔지만, 처음으로 누군가에게 작은 선물을 전하고 고맙다는 인사를 받았다. 숨덕 인생 한 걸음 내디딘 것 같다.

4. '드래곤볼 쎄쎄쎄' 대회

내가 초등학교에 다니던 때, 공중파 방송에서 〈드래곤볼〉을 방영했다. 그 덕에 학교에서는 〈드래곤볼〉이 인기를 끌었다. '드래곤볼 쎄쎄쎄'도 그때 나온 놀이다. 교실에서도, 수련회 가는 길 버스에서도 남자애들은 종종 '드래곤볼 쎄쎄쎄'를 했다. 기를 모으고 순간이동을 하고 에네르기 파를 쏘는 그 모습은 즐거워 보였다. 하지만 '드래곤볼 쎄쎄쎄' 하면 그 모습을 지켜만 보던 어린 시절의 내가 떠오른다. 어느 날 인스타그램에 제1회 '드래곤볼 쎄쎄쎄' 대회 원주에서 하는 청년세대 놀이문화 재생 프로젝트가 올라왔다. 참여자에게는 소정의 선물과 사진의 허락을 구하는 글도 함께.

'서울에서 원주까지라니 너무 멀지 않나?' 지도를 보며 왕복 시간과 비용을 머릿속으로 계산했다. '굳이 이 대회에 참여해야 하나?' 어딘가에 얼굴이 노출되는 것을 싫어하는 나에게 공개적인 곳에서 하는 대회는 부담으로 다가왔다.

'흠…. 안 되겠다. 누군가가 후기 올리면 그거나 봐야지.' 그렇게 결론 짓고 블로그를 정리하며 일본 여행 글을 읽다 문득 이런 생각이 들었다. '〈드래곤볼〉을 보러 몇 박 며칠로 일본도 갔는데 그것과 비교하면 당일치기인 원주는 훨씬 이득이지 않나?' 참여한다고 했다가 없는 척하고 기권하면 되겠지 하는 생각에 신청서를 냈다.

원주로 가는 길, 날씨가 너무 우중충하고 어두웠다. 비가 오지 않기를 바라며 행사장으로 향했다. 너무 크지도, 너무 작지도 않은 크기의 무대와 공간에 맞게 적당한 수의 관객들이 있었다. 사람들의 시선을 받는 것이 두려워 기권할 생각으로 맨 뒤에 앉아 게임을 하는 사람들의 모습을 구경했다. 그들을 바라보고 있자니 수련회 버스에서 게임을 하는 친구들의 모습을 지켜보던 그 시절이 떠올랐다. '드래곤볼 쎄쎄쎄' 대회라니까 왠지 남성만 있을 것 같았는데 생각했던 것과 다르게 여학생들의 모습도 보였다. 긴장감과 불안함은 사라지고 '한 번 정도라면 괜찮겠지?' 싶은 마음이 들었다. 단 두 판 만에 게임에서 져 버렸지만, 어린 시절에 지켜보던 추억 놀이를 하는 것 그것으로 충분했다.

쎄 쎄 쎄
드 래곤~볼
드 래곤~볼

사성구. 손오공과 부르마의 마음은 어땠을까

일본에서 하는 '드래곤볼 찾기' 이벤트에 참여해 본 적이 있다. 모두 일본어 수준이 초등학생 정도는 되어야 참여할 수 있는 수준이었다. 내 수준이라면 모든 '드래곤볼'을 찾기는 어려울 것이었다. 결과는 정해져 있었다. 그렇다면 과연 이 이벤트에 참여하는 것이 나에게 가치 있을까? 망설여졌다. 하지만 모든 드래곤볼을 꼭 다 찾아야 하는 것은 아니지 않나? 나는 그저 참여하고 그 중심에 서 보고 싶을 뿐이었다. '안 하고 후회할 바에야 가보자!' 그렇게 참여하는 데 의미를 두고 일본으로 향했다. 지금 생각해 보면 이 행사가 아니었다면 얻을 수 없었을 특별한 경험도 했고, 이 이벤트 덕분에 스스로 한층 더 성장했으니 참여 그 이상의 가치를 얻은 셈이다.

1. 2016년 7월 30일 '드래곤볼 리얼로 찾기'

1) 친구를 만날까, 드래곤볼을 찾을까

초등학교에서 일하고 있었을 때, 여름방학에 맞춰 약 열흘간 휴가가 있었다. 이때가 마침 〈드래곤볼〉을 좋아한 지 약 20년이 되던 해였다. 〈드래곤볼〉 여행을 떠나 볼까 싶어 도쿄 여행 일정을 잡았다. 휴가 날짜가 성큼 다가왔을 때 〈드래곤볼〉 4D와 '드래곤볼 리얼 찾기' 이벤트를 알게 됐고 두 일정을 소화하기엔 도쿄보다 다른 지역이 낫겠다 싶어 일정을 변경했다. 오사카에서 시작해 JR패스권으로 도쿄로 가는 새로운 일정이었다.

'드래곤볼 찾기'는 이벤트의 표지를 보자마자 바로 떠나고 싶은 마음이 들었던 이벤트였다. 드래곤레이더 지도를 들고 돌아다니면서 드래곤볼을 찾는다니 상상만으로도 즐거웠다. 이벤트는 두 장소에서 진행되었는데 다른 한 곳은 멀어서 가기 힘든 곳이었고 한 곳은 요코하마의 소레이유 공원이었다. 요코하마는 오사카보다는 도쿄에서 더 가까웠다. 요코하마 일정은 도쿄로 이동했을 때 가려고 했다. '이왕 일본을 투어하는 거 각 지역에 있는 친구들을 만나야지!' 하고 오사카에서 나오토와 약속을 잡았다. 하지만 여행이란 예측하지 못한 일이 생기기 마련이다. 갑작스럽게 나오토에게 알바가 잡혀서 약속한 날에 만날 수 없다는 연락을 받았다. 세세한 계획은 세우지 않았지만, 친구들하고 만나는 날을 제외하고는 각 여행 일정이 잡혀 있었다. 나오토를 만난다면 다른 일정 중 하나를 포기하고 하루 동안 오사카 여행을 해야 했다. 그때는 왠지 단 하루도 쉬지 않고 계획한 여행을 해야 할 것 같은 마음이 들었다.

'친구들도 만나고 싶고, 계획한 곳들도 가고 싶고, 어떻게 해야 하지?'

이번 여행을 위해 구매한 JR패스권의 이용 기간은 단 7일이었다.

'그래! 오사카에서 요코하마에 갔다가 나고야에서 저녁을 먹고 오사카로 돌아오자!'

나는 여행 계획 종이를 꺼내 JR패스권 시작 날에 맞춰 다시 한 번 일정을 변경했다.

2) 오사카에서 요코하마로

오사카에서 요코하마로 가는 날이었다. 눈을 떠 시계를 보니 아침 10시였다. 요코하마에서 보물찾기를 하고 나고야에서 '드래곤볼 전골'을 먹을 계획을 세운 것치고는 늦었다. 우선 서둘러 나갈 준비를 했다. 신오사카 역에서 요코하마 역으로 가는 신칸센을 예약한 후 주변에 신칸센에서 먹을 만한 것이 없는지 두리번거렸다. 역에서 파는 도시락을 천천히 구경하며 구매하기에는 시간도 없고 마음도 조급했다. '외국에 와서 롯데리아 햄버거라니….' 생각을 하면서도 나는 햄버거 세트를 구매했다. 신칸센이 출발하고 햄버거를 한입 베어 물었다. '햄버거는 한국이나 일본이나 비슷하네. 롯데리아는 어디나 비슷하구나….' 생각하면서 햄버거를 먹었다. 창밖으로 일본의 자연풍경이 지나갔다. 어느새 신요코하마 역에 도착해 있었다. 서둘러 미사치 구치 역으로 가는 전철을 탔다. 미사치 구치 역은 마치 버스의 종착역 차고지 같은 역이었다.

JAPAN RAIL PASS
2016-8-5
13
HIKARI
466
Tōkyō
新横浜
しんよこはま
小机
Kozukue
Shin-Yokohama
三崎口

기다리는 사람이 많을 것이라는 예상과는 다르게 내 주변에는 한두 명의 사람뿐이었다. '설마 잘못 온 걸까?' 다시 한 번 구글맵을 켜 확인했다. 미사치 구치 역에서 버스를 타면 되는 것이 맞았다. '버스 타면 행사 장소가 나오겠지, 뭐.' 버스를 타고 가는데 창문 밖의 풍경이 도시에서 점점 시골로 변해 갔다. 나는 줄곧 창밖을 바라보고 있었다. 이런 행사는 빌딩이 많은 도시 한복판에서 할 것이라 막연하게 예상했건만 점점 더 초록이 무성해지는 모습에 당황했다.

'아니, 왜 건물은 없고 깊은 산속으로 들어가는 거야? 설마 버스를 반대로 탄 건가?' 초조했다. 서둘러 구글맵을 켜서 확인했지만, 산속에 있어서인지 구글맵이 위치를 잡지 못했다. '내려서 반대로 가는 버스를 타야 할까?' 반대로 가는 버스가 있는지 확인하고자 했지만, 왠지 버스에서 내리면 미아가 될 것 같았다. 길을 잃어버리면 움직이지 말고 가만히 있어야 한다는 말도 있지 않은가? 마지막 정거장까지 간 후엔 회전해서 미사치 구치 역으로 돌아갈 터였다. 그렇게 생각하며 가만히 앉아 있었다. 오랜 시간이 걸려 찾아온 만큼 실망이 컸고 이 풍경 속에 혼자서 버스 타고 가는 나 자신이 외로워 보였다. 그래서 '히토리 쟈나이'(혼자가 아니야) 노래를 들으며 '계획대로 되지 않는 것이 여행이지.' 하고 위로했다.

마지막 정거장에 도착하고 내리라는 기사님의 말에 일단 내렸다. 불안한 마음으로 버스에서 내리자 엄청난 수의 자동차가 주차되어 있는 주차장이 보였다. 간간이 어린이들이 뛰어노는 모습도 보였다. 은근히 복작거리는 분위기였다. '혹시 여기인가?' 다시 구글맵을 켜서 확인했다. 소레이유 공원이다. 두근거렸다. 참여하긴 글렀다고 생각했는데 행사장까지 잘 도착했다는 것에 괜히 뿌듯했다. 두근거리는 심장을 부여잡고 곧장 관리 사무소로 갔다.

3) 찾으러 다니는 오공 일행의 마음은 이랬구나

"이제 '드래곤볼 찾기'를 할 수 있겠구나! 내가 드래곤볼을 찾으러 여기까지 왔다구!"

호기롭게 들어가 "'드래곤볼 리얼 찾기' 참여하러 왔어요!" 하고 말했다. 그리곤 '어서 저에게 〈드래곤볼〉 행사 팸플릿을 주세요!' 하는 눈빛으로 직원분을 쳐다봤다.

"죄송합니다. 참여시간이 끝났어요."

이럴 수가 갑자기 머릿속이 백지가 된 기분이었다. 직원분은 당황해하는 나를 한 번 보시곤 말을 이었다.

"이벤트북을 찾는 시간 때문에 4시까지 오셔야 가능해요."

그리고 옆에 시계를 가리켰다. 4시 30분이었다. 5시간이나 걸려 이곳까지 왔는데 겨우 30분 차이로 이벤트에 참여하지 못한

다니 믿지 못할 현실에 눈물이 날 것 같았다. 나는 당황해서 일본어도 잘 생각이 안 났다. 말을 더듬으며 머리에 떠오르는 말을 했다.

잔뜩 움츠러든 목소리로 더듬으며 말을 했다.

잠시 뒤 내 앞의 직원분보다 좀 더 뒤에서 가만히 상황을 지켜보고 있던 직원분이 다가왔다. 그 직원분은 내 앞의 직원분과 잠시 대화를 나누시고는 뒤쪽 방으로 들어가 작은 상자를 들고 오셨다.

직원분은 첫 번째 상자에 있는 드래곤볼 1성구를 보여 주셨다. 나는 그렇게 가까스로 '드래곤볼 리얼 찾기'에 참여할 수 있었다. 직원분은 '드래곤볼 리얼 찾기'에 대한 설명을 해 주시며 드래곤볼들의 위치가 표시된 퀴즈 종이와 공원 지도를 건네주셨다. 내가 알아들은 것은 다 끝나면 다시 본부로 돌아오라는 말뿐이었지만….

1성구를 보여 주신 후, 퀴즈 종이를 보며 연습 삼아 같이 첫 번째 문제 풀었다.

원래 넌센스 문제를 잘 풀지 못한다. 한국말로 써 있어도 잘 맞추지 못할 퀴즈를 일본어로 풀고 있으니 더 어려웠다. “뭐지? 뭘까? 뭐지?”라는 말만 반복하는 나에게 직원분은 대놓고 눈치를 주셨다. 두 번째 드래곤볼을 발견한 셈이었다.

직원분은 행사가 6시까지라며 늦어도 그전에는 돌아오라며 당부했다. 넓은 소레이유 공원 안 어딘가에 있을 드래곤볼. 관리 사무소에서 나와 주변에 있는 테이블에 잠시 자리를 잡았다. 그리곤 테이블 위에 공원 지도와 퀴즈 종이를 올려놓고 지도를 천천히 읽어 봤다. 한 번, 두 번, 세 번 결과는 같았다. '도저히 무슨 말인지 모르겠다.'

"그래…. 어차피 참여 못 할 뻔했던 것 운에 맡기자!" 하며 봐도 모르는 퀴즈 종이는 가방에 넣어 버리고 소레이유 공원의 지도만을 손에 쥔 채 길을 나섰다. 공원 구경이라도 할 참이었다. '드래곤볼 리얼 찾기'에 참여하는 것이 목표였는데 그것을 이루고 나니 그제야 주변의 풍경이 눈에 들어왔다. '소레이유 공원은 해

바라기가 유명한 곳인 걸까?' 예쁜 해바라기가 잔뜩 있었다. '혹시 해바라기 사이에 드래곤볼을 숨겨 놨을까?' 설마 해바라기밭에 드래곤볼을 숨겨 두지는 않았겠지 싶었지만, 아쉬운 대로 도로에 서서 해바라기 사이를 이리저리 봤다. 하지만 역시나 없었다. 소레이유 공원의 지도를 보며 공원의 주요 장소들을 하나씩 찾아갔다. '캠핑하는 화로나 의자에 놔두었을까?' 공원 안에 있는 건물들 주변에 있는지도 샅샅이 찾아보았다.

드래곤볼이 도저히 눈에 보이지 않았다. 나는 꼼수를 써야겠다는 생각에 소레이유 공원 안에 있는 기념품 가게에 들어갔다. 우선 기념품으로 살 만한 물건을 골라 계산을 하면서 가게 주인에게 살짝 힌트를 얻을 참이었다. 계산대에 서서 주섬주섬 공원의 지도와 퀴즈 종이를 꺼내 보여 줬다.

'제발 단 하나라도 있다고 해 주세요.' 하는 간절한 마음으로 직원을 쳐다봤지만, 돌아오는 대답은 "죄송해요. 저희도 퀴즈의 정답까지는 알지 못해요."였다. 미안해하는 모습에 더는 물어보지 못하고 밖으로 나와 다시 한 번 공원을 배회하기 시작했다.
'대체 어디에 있는 걸까?'

그렇게 돌아다니기를 1시간. 끝나기 30분 전, 슬슬 공원을 돌아다니는 것도 지쳐서 드래곤볼 찾는 것을 포기하고 오사카로 돌아가려고 몸을 돌렸다. 그 순간 뒤에서 어린 소녀들이 소리치는 목소리가 들려왔다.

"마지막이지?"

"응 마지막 드래곤볼이야!"

"마지막이다!"

몸을 뒤로 돌려 뛰어가며 환호하는 소녀들을 따라갔다. 소녀들이 가는 방향을 멀리서 확인한 후, 잠시 다른 곳으로 가 주변 풍경을 찍는 관광객인 척 사진을 찍고 그 자리로 돌아갔다.

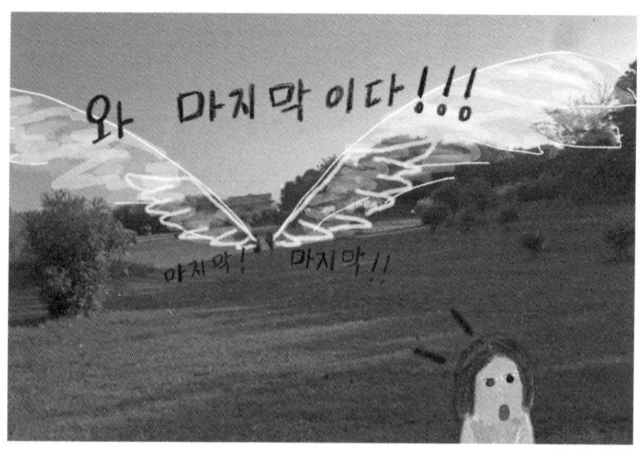

소녀들이 서 있던 자리를 두리번거리다 처음에 찾았던 2성구가 들어가 있던 모습과 같은 바위 모형을 발견했다. '세상에. 내가 하나 찾았다! 포기할 뻔했는데 이렇게라도 찾다니…. 어쩜 이렇게 운이 좋았지?' 나는 기막힌 행운에 자화자찬하며 처음으로 발견한 7성구의 모습을 사진에 남겼다. 하나도 찾지 못하리라 생각했는데 하나라도 찾았을 때의 기쁨이란….

길을 잘못 찾아온 줄 알고 포기하려던 순간 나타난 장소! 힘들게 찾아왔지만, 시간 초과로 참여하지 못한 뻔했다. 다행히도 직원분의 배려로 참여할 수 있었고 단 하나도 발견하지 못할 것이라는 생각에 뒤돌아선 순간 소년들의 목소리를 들었다. 그렇게 드래곤볼을 찾았다. 포기하려던 순간마다 발견하게 돼서 특별한 하루였다.

2. 2019 5월 24일 '드래곤볼 리얼 찾기'

'2019년 드래곤볼 리얼 찾기' 소식을 보자마자 너무나도 가고 싶었다. 2015년의 '드래곤볼 리얼 찾기'와는 규칙이나 행사 방식이 조금 달랐다. 한정된 장소에서 발로 뛰며 동그란 형태의 드래곤볼을 찾는 것이 아니라, 스마트폰을 드래곤레이더로 활용해 QR 코드로 드래곤볼을 찾는 방식이었다. 그러나 이때는 〈드래곤볼 : 슈퍼〉가 끝나면서 일본어 공부도 잠시 멈춘 상태였다. 외국어란 익히기까지 오랜 세월이 필요하지만 쓰지 않으면 한순간에 실력이 내려간다. 일본어 실력이 부족해도 2015년 행사는 마구 돌아다니다가 운좋게 발견할 수도 있었는데 이번 행사는 0.1%의 희망도 없었다. 아무래도 이번 '드래곤볼 리얼 찾기'는 무리일 것 같았다. 그렇게 시간이 흘러 5월이 되었다.

유튜브에 떠 있는 영상을 보면서 대리만족을 하던 와중에 친구 금지에게 연락이 왔다. 휴가 때 함께 놀러 가자는 이야기였다. 순간 '드래곤볼 리얼 찾기'가 떠올랐다. '옆에 친구가 있으면 찾지 못하더라도 덜 부끄럽지 않을까?' 하는 생각이 들었다. 금지에게 행사를 하는 장소들을 보여 주며 "이 중에서 네가 가고 싶은 곳을 선택해! 어디든 네가 가고 싶은 곳으로 여행을 가자! 하지만 '드래곤볼 리얼 찾기'는 해야 해!"라고 강제 아닌 강제 같은 부탁을 했다. 우리는 함께 후쿠오카 여행을 가게 되었다. 하지만 계획은 무산되었다. 휴가 일정이 맞지 않았던 것이다. 결국, 나는 금지보다 하루 일찍 후쿠오카로 가 혼자서 '드래곤볼 리얼 찾기'에 도전했다. 혼자서 퀴즈를 풀지 못해 허둥지둥 댈 것을 상상하니 얼굴이 뜨거워졌지만, 그래도 〈드래곤볼〉 행사의 중심에 서 있을 수 있다는 것에 설렜다.

입국할 때부터 들이닥치는 위기 아닌 위기. 조금이라도 여행 비용을 아끼고자 이것저것 비교하다 출국, 입국 각각 다른 항공사를 이용하기로 했다. 출국수속을 할 때, 입국 e티켓을 요구받았다. 나는 냉큼 카카오톡 예약을 보여주었다. 그러자 직원분이 난감한 기색을 띠며 "음…. 이거는 아니지만, 그냥 해 드릴게요.

일본에서는 e티켓 확인하실 수 있으니 꼭 e티켓 다운로드해 두세요. 후쿠오카는 금괴매수 때문에 검사를 할 수 있어요."라고 말했다. 이때부터 나는 핸드폰으로 입국 항공사 사이트에 들어가 로그인을 시도했으나, 한 시간 동안 로그인이 되지 않았다. 일찍 들어가서 면세점을 구경할 요량이었던 나는 면세점은 고사하고 한국으로 돌아가야 할지도 몰랐다. 걱정 가득한 마음으로 계속해서 아이디 찾기를 하고 메일 인증, 핸드폰 인증을 했다. 하지만 결국 e티켓을 받지 못했다.

e티켓을 꼭 다운로드하라며 당부하던 직원분의 목소리가 귓가에 아른거렸다. 초조한 마음에 후쿠오카에 도착하기 전까지 한시도 편안히 있지 못했다. 도착한 직후 항공사에 연락해 겨우겨우 e티켓을 받았다. 받자마자 냉큼 이메일에 들어가 확인했다. e티켓에는 영어가 한 글자도 없었다. 전부 한국말뿐이었다. 화가 났다. 분명 도착한 곳에서 확인할 수도 있으니 e티켓을 다운받으라고 했는데 한국말로 써 있는 티켓이라니! 분하기도 하고 걱정도 되었다. 입국심사를 받으러 가는 발걸음에 힘이 없었다. 머릿속으로는 걸리면 뭐라고 설명을 해야 할지 생각하느라 바빴다. '이거 괜찮은 거야?' 온갖 걱정에 휩싸여 불안한 마음으로 보

안대에 다가갔다. 하지만 인천공항에서부터 비행기에서 내린 순간까지 불안했던 것이 허탈할 만큼 아무 문제 없이 빠져나왔다.

숙소에 짐을 내려놓은 후 오늘의 계획을 살폈다. 친구가 없는 동안 발표를 할 후쿠오카 도서관을 들르고 만다라케에 가고 '드래곤볼 리얼 찾기'를 하는 것이었다. 여행이 끝난 다음 날 후쿠오카와 서울 도서관을 비교한 자료를 발표하기로 되어 있었다. 과연 모든 것을 다 할 수 있을까 싶었지만, 혼자하는 여행의 좋은 점은 여행하는 동안의 시간이 내 마음대로라는 것이다. '까짓것 친구 오기 전에 다 끝내면 되지 뭐.' 호기롭게 여행 계획을 적은 종이와 노트북을 챙겨 나왔다. 행사는 혹시나 너무나 인기가 많아서 기껏 참여하러 갔다가 그냥 돌아와야 할까 봐, 한국에서 미리 예약하고 왔다. 예약 시간은 오후 5시. 우선 후쿠오카 도서관에 갔다. 도쿄는 몇 번 갔지만, 후쿠오카는 처음이었다. 한 번도 가 보지 못한 낯선 곳을 여행하는 것은 새로운 기분을 들게 한다. 표준어도 간신히 알아듣는 나에게 후쿠오카의 말은 낯설면서도 익숙한 느낌이다.

만다라케는 일본의 중고 물품 가게이다. 만다라케 가게를 알게 되고 나서 틈틈이 구경하러 갔다. 굳이 물건을 사지 않아도 좋다. 거기에 있는 물건들은 보는 것만으로도 재밌었다. 좋아하는 물건들 사이에 있으면 마음속 깊은 곳에서부터 신이 났다. 물건을 하나하나 구경하면서 대리만족을 느끼면 전부 소장한 것 같은, 마치 굿즈 부자가 된 기분이다. 하나씩 둘러보다 우연히 〈드래곤볼〉 잡지를 포착했다. 입에서 헉 소리가 났다. '아니, 이건 사야 하잖아? 얼마지?'

생각보다 비싼 가격에 살포시 잡지를 내려놓았다. 하지만 구매하지 않으면 아쉬울 것 같았다. 나는 이것보다 좋은 게 있으면 그때 내려놓기로 하고 잡지를 다시 품에 안았다. 그리곤 다시 여기저기 구경했다. 다들 알겠지만, 한 상품에 꽂히고 나면 웬만하면 다른 상품은 눈에 들어오지 않는다. 두세 바퀴를 돌고 나서 결국, 난 그 잡지를 구매했다. 그때 잡지 앞에 쓰여있는 일본어를 읽었다면 좋았을 텐데…. 숙소에 와서야 그 글자를 발견했을 때, 나는 처음 잡지를 찾았을 때와는 또 다른 헉 소리를 낼 수밖에 없었다. '뭐어! 노트?!' 절규했다. 그렇다. 잡지가 아닌 잡지 표지의 노트였다. 노트는 너무도 아까워서 쓰지 않기로 했다. 장식용으로 쓰려니 세워지지가 않는다. 겉모습에 현혹되어 구매한 잡지 모습을 한 노트. 어떻게 사용해야 아깝지 않게 사용할 수 있을까? 오랫동안 고민했지만, 마땅한 해답을 찾지 못했다.

당시에 구매한 예약권은 '드래곤볼 리얼 찾기'의 기념 가방도 포함된 상품이었다. '드래곤볼 리얼 찾기'를 하러 가면서 절판되었다는 SNS 글을 봤다. 속으로 쾌재를 외쳤다. '하. 하. 나는 이미 예약을 했지!' 내 돈 주고 구매한 것이었지만, 왠지 복권에 당첨되어 이득을 본 기분이었다. '이래서 예약을 해야 하는구나?' 하는 마음이 들어 더 신이 났다. 행사 장소에 예약 시간 10분 전에 도착했다. 정각에 들어갈 요량으로 계단에 앉아 유튜브에 올라온 게임 후기를 한 번씩 봤다.

문 뒤에서 "사가세 드래곤보루!"(찾아라 드래곤볼!)라고 말하는 목소리가 들려왔다. 목소리를 들으니 더욱 가슴이 두근거렸다. '하나라도 찾을 수 있을까?' 5시가 되어 들어간 '드래곤볼 리얼 찾기' 가게는 2015년과는 다르게 게임 느낌이 났다. 예약한 종이를 직원분에게 보여 주고 가방을 기다렸다.

"죄송합니다. '그레곤볼 가방'은 품절입니다."

"네??? 저… 예…예약…예약했어요."

나는 꿈에도 예상하지 못한 직원의 말에 당황해 말까지 더듬었다. 분명 예약하고 결제까지 마쳐 놓은 상황이었다. 인터넷에 품절된 것은 나와 상관없는 일이라고 생각했는데 나에게는 마른 하늘에 날벼락 같은 소식이었다. 잠시 후 직원분이 안으로 들어가 종이를 들고 왔다.

"여기에 이름과 주소, 전화번호를 적어 주세요. 가방이 만들어지면 택배로 보내드리겠습니다."

"저…저는 한…한국인이에요. 한국도 가능한가요?"

'한국에도 택배를 보낼 주는 걸까….' 외국까지 배송하는 경우는 처음이었는지 직원분은 다시 안으로 들어가 다른 직원에게 물어봤다.

"한국까지도 배송 가능한가요?"

"응, 물론 가능해."

대답을 듣고는 나에게 다가와서 미소를 지으며 말씀해 주셨다.

“가능합니다. 한국어로 주소를 쓰셔도 괜찮습니다.”

종이에 한국어로 이름과 주소, 전화번호를 적었다. 국제 배송까지 해 준다니 비록 행사 당일엔 받지 못했지만, 가방이 도착할 날이 벌써부터 기다려졌다.

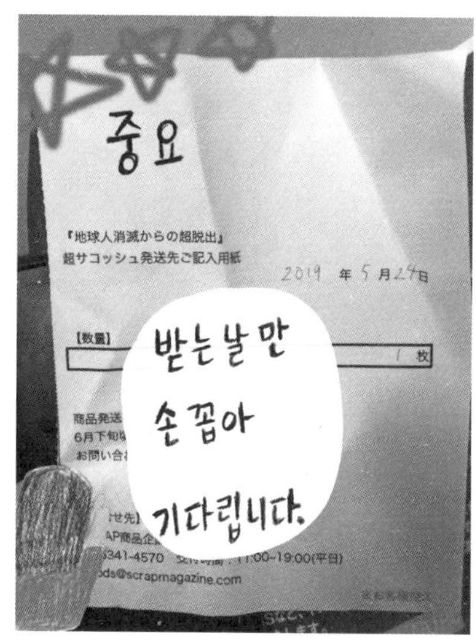

게임 방법을 설명해주셨다. 그러나 그때의 나는 한참 일본어 실력이 줄고 있었다. 표준어로 또박또박 말해 줘도 알아듣기 어려운데 사투리 억양까지 섞인 일본어는 내게 소귀에 경 읽기와 다름없었다. 번역기, 사전 등을 써가며 겨우 알아낸 정보는 게임 플레이 시간은 2시간이고 종이에 있는 QR코드를 찍고 핸드폰의 라인으로 들어가면 '드래곤볼 리얼 찾기' 게임이 시작된다는 것이었다. 고비인 순간이 오면 힌트 종이를 참고하거나 부르마에게 물어보면 되었다.

"간바테 쿠다사이!"(힘내 주세요!)

응원의 말을 듣고 출발의 문턱을 넘으니 한편으론 걱정스럽고 한편으론 들떴다. 이번에는 추억 여행을 영상으로 남기고 싶어 이전에 사용했던 휴대전화를 가져왔다. 셀카봉에 갤럭시6를 끼워 들고 다니며 영상을 찍고, 사용하고 있는 갤럭시8은 드래곤 레이더로 사용할 참이었다. 휴대전화 카메라의 녹화 버튼을 누르고 라인에 QR코드를 인식했다.

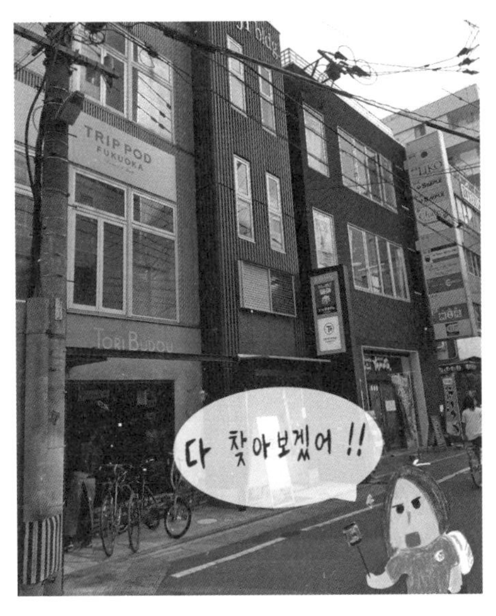

사실 첫 번째 드래곤볼은 보지 않아도 어디 있는지 알고 있었다. '드래곤볼 리얼 찾기' 장소를 찾기 위해 돌아다니다가 가게 앞에 있는 편의점에 붙어 있는 수수께끼를 봤다. '첫 번째 문제 정도는 껌이지?' 자신 있게 편의점에 있는 수수께끼 확인했다. 그리고 사전에 예습한 유튜브에 나온 정답들을 하나둘 기입했다. 계속 뜨는 오답에 결국 퀴즈를 찬찬히 봤다. '뭐지 이건?' 이 말만 수십 번 중얼거렸다.

한참을 씨름하다 결국 핸드폰을 켜고 '부르마에게 물어보기'를 눌렀다. 하지만 부르마의 대답도 피콜로의 힌트도 나에게는 아무 소용이 없었다. 힌트 종이를 뜯어 봤지만, 힌트 종이를 보니 더 아리송했다. 힌트 종이는 더 앞으로 가서 사용해야 하는 모양이었다. 그렇게 틀린 답만 나오기를 얼마나 지났을까. 옆에 일행을 기다리던 일본인이 나에게 말을 걸었다.

"뭔가 문제가 있으세요?"

"아… 저 '드래곤볼 리얼 찾기'에 참가 중인데 답을 몰라요."

한숨을 쉬며 답하는 내가 안쓰러웠던 건지 일본에 놀러 온 외국인에게 도움을 주고 싶은 착한 마음이었는지, 그는 흔쾌히 내게 말했다.

"한번 보여 주세요. 같이 생각해 보면 답을 알 수도 있어요."

"네 여기요! 퍼즐로 한번 보세요!"

그 친절한 행인분은 나와 함께 꽤 오래 생각해 주셨으나 결국, 우리는 문제를 풀지 못했다. 난 꼼수를 써볼 요량으로 앞에 편의점에 들어갔다. 커피를 하나 구매했다.

"앞에 있는 '드래곤볼 피일 찾기' 문제 정답을 아시나요?"

"아니요. 가게 앞에 붙어 있긴 하지만 저희도 정답은 모릅니다."

'하하 이번에는 출발도 못 하겠구나?'

요코하마에서 운 좋게 드래곤볼을 찾았던 것처럼 이번에도 하나 정도는 찾을 수 있을 줄 알았다. 그렇게 한 시간이 흘렀다. 이럴 줄 알았으면 평소에 퀴즈 정도는 풀어볼걸…. 아쉬운 마음으로 나는 가게로 돌아갔다.

"저 모르겠어요…."

"어디까지 가셨나요?"

보통 한두 군데는 가고 돌아오는 모양이었다. 하나도 못 간 내가 부끄러웠다.

"음…. 편의점이요."

나는 민망한 웃음을 지으며 답했다.

"아, 거기부터 어려워요. 잠시만요. 같이 가요."

나는 직원분과 같이 편의점으로 갔다. 피콜로의 퀴즈를 먼저 같이 보시면서 설명해 주시며 문제를 풀어 주셨다. 가만히 듣고 있는데 마치 중학교 시절 모르는 수학 문제를 풀었던 것처럼 정답을 알고 나니까 답답함이 풀렸다. 다음번에 이런 문제가 나온다면 맞출 수 있을 것 같았다.

"그럼 다시 힘내세요!"

다시 한 번 잘 다녀오라며 뒤에서 손을 흔들어 주며 응원해 주는 직원분의 모습에 '다음에는 꼭!' 하고 의지를 불태우며 다음 장소로 걸어갔다. 게임 장소는 모두 근방에 있는 곳인지 얼마 되지 않아 도착했다. 두 번째 장소! 여러 히라가나가 쓰여 있는 퀴즈였다.

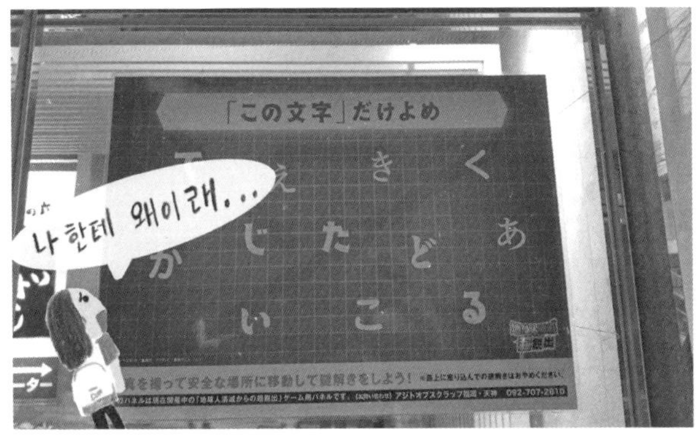

편의점에서처럼 유튜브에 나왔던 답을 쳐 봤지만, 전부 오답이었다. '아까 뜯었던 힌트 종이가 여기서 필요한 건가?' 세 개의 힌트 종이를 다시 한 번 꺼내어 봤지만, 도저히 알 수가 없었다. '아! 이건 문장을 만들라는 걸까?' 모든 글자를 열심히 조합해서 문장을 만들어 봤지만, 전부 오답이었다. 그렇게 한참을 문장 만들기를 하다 보니 40분이 흘렀다. 시간을 보니 게임 종료까지 약 20분 남은 상태였다.

'일본어 공부 안 한 지도 꽤 되었는데 어떻게 문장을 만들어….'

참담했다. 일본어 실력이 떨어지는 와중에 이렇게 어려운 퀴즈에 도전한 내 탓이었다. 한숨을 나왔다. 하나라도 내 힘으로 해결한 것이 있었더라면 이토록 우울하지 않았을 텐데. 기분전환이 필요했다. 조금 더 걸어가 힘내자는 마음으로 가장 맛있어 보이는 푸딩을 사 먹었다. 달콤한 푸딩을 먹으니 기분이 좋아졌다. 다시 가게로 들어가자 아까는 눈에 보이지 않았던 반짝반짝 빛나는 굿즈들이 눈에 들어왔다. '아! 완주권은 못 받겠지만, 끝나고 저 굿즈들이라도 사 들고 가면 되겠다!' 갑자기 신바람이 났다.

"저! 게임 포기합니다!"

하나도 찾지 못했지만, 기분전환을 하고 나니 기분은 좋았다.

"어디까지 가셨나요?"

"편의점 다음이요."

직원분은 옆에 있던 노트를 들고 문제를 보여 주며 설명을 해 주셨다. 단순하면서도 센스가 필요한 문제였다. 답을 알고 보니 일본어 실력보다는 나의 센스가 문제였다.

"다음 장소로 잘 다녀오세요."

환하게 웃으면서 말하는 직원분의 모습에 나는 할 말을 잃고 말았다. 다 포기한 상황에서 다시 기회를 얻고 나니 얼떨떨했다. '아… 포기하지 않게 계속 격려를 해 주시는구나….' 자연스럽게 시계를 봤다. 오후 7시가 다 되어 가고 있었다. '가라오케도 가야 하는데…. 다시 간다고 내가 찾을 수 있을까?' 시간도 촉박했지만, 자신도 없었다. 앞의 두 문제도 풀지 못했는데 다음을 풀 수 있을 리 만무했다. 오늘 일본에 도착했지만, 내일부터는 친구와 함께 일반 관광여행을 시작해야 했기 때문에 덕질 여행은 오늘로 끝이었다. 기껏 얻은 기회인데 이번엔 가라오케는 참을까 싶었다. 그러나 나에게 가라오케는 덕질 여행의 기쁨, 마지막 종착지 같은 것이었다.

'그래, 어차피 난 센스가 없어서 다음 문제도 풀 수 없을 거야.'

"죄송해요…. 저 오늘밖에 할 수 없어요."

고민하다 우물쭈물 대답했다.

"아…."

'드래곤볼 리얼 찾기'에 참가하려 후쿠오카까지 온 외국인이 '드래곤볼'을 못 찾아 '드래곤 레이더'만 보다가 돌아가는 것이 안타까웠던 걸까? 직원분이 앞에 걸려있는 완주권을 가리켰다.

"여기서 원하시는 완주권을 하나 고르세요."

"제가 가져도 돼요?"

하나 고르라는 말에 깜짝 놀랐다. 완주를 한 사람만이 가질 수 있는 완주권을 내게 고르라니!

"감사합니다! 전 베지터요!"

"아, 베지터를 좋아하시는군요. 잠시만 기다리세요."

그 천사 직원분 덕분에 나는 베지터 급수 종이를 받았다. '드래곤볼 여행'을 할 때마다 좋은 기억이 더해지는 것은 어려움에 처했을 때마다 다정하고 친절한 사람들을 만났기 때문이었다. 덕에 낯선 이곳에서의 일정이 좋아지지 않을 수 없었다.

오성구. 667개 역에서 만나는 드래곤볼 친구들

1. JR스탬프 랠리

2016년 대학원에 입학하면서 낮에는 일을 하고 오후에는 학교에 다녔다. 처음에는 힘들 것 같았던 일이 가면 갈수록 손에 익어 나름대로 즐거웠다. 3학기부터는 병행하기가 힘에 부칠 것 같았다. 그래서 방과 후 일정에 맞춰 분기가 끝나는 시점에 일을 그만두었다. 그때 잠시 쉬러 떠난 것이, 두 달 과정의 일본 도쿄로 단기 어학연수였다. 12월 말에 와서 새로운 해, 1월 1일을 혼자 보내나 싶었는데 이때 한국에서 일본으로 놀러 온 친구 규영이 덕분에 2016년 마지막과 2017년 시작을 유쾌하게 보낼 수 있었다.

일본 여행이 처음인 친구를 위해서 가성비 넘치는 여행 일정을 짰다. 지브리를 좋아하는 친구를 위해 마지막 방문지로 지브리를 예약하려고 했으나 아쉽게도 표가 매진이었다. 지브리 대신 규영이와 여행 첫날 제이월드에 다녀왔다. 제이월드 방문이 세 번째였지만, 이때 범퍼카 홍보 중인 프리저를 처음 봤다. 총 네 번의 방문 중 규영이와 함께한 제이월드 방문 때 사진이 가장 많이 남아 있다. 나의 성향을 잘 이해하고 있는 규영이는 특히 내 사진을 많이 찍어 주었다. 규영이와의 일본 여행을 마칠 때쯤 JR역에서 발견한 JR스탬프 랠리 포스터. 전부터 역에 붙어 있는 것을 봤기 때문에 이미 알고 있던 이벤트였다. 참여하고 싶었지만, 차비가 많이 들 것 같아서 하지 않을 생각이었다.

"둠둠도 참여하는 거야?"

"아니….

저거 65역이라서 다 찍으려면 차비가 만만치 않더라고."

"그래? 하면 재미있을 것 같은데 아깝네…."

그 대화는 규영이가 한국으로 돌아가고 나서도 계속 떠올랐다.

침대에서 몸을 일으켜 불을 켜고 한국에서 가져온 돈 봉투를 꺼냈다. 그리곤 컴퓨터를 켰다. 스탬프가 있는 JR 노선표를 확인해 보았다. 한 정거장을 갈 때마다 드는 돈을 계산을 해 보니 역시 돈이 많이 들 것 같았다. '안 되겠다….' 계산을 해 보고 보니 뭔가 더 맥이 빠졌다. 정말 방법이 없나…. 곰곰이 생각해 보다 갑자기 생각난 1일 JR패스권! JR라인을 하루종일 자유롭게 이용할 수 있는 유용한 JR패스권을 잊고 있었던 것이다. 그렇게 1월 10일 '〈드래곤볼〉 스탬프 랠리' 시작 날을 기다렸다.

'〈드래곤볼〉 스탬프 랠리'의 시작, 1월 10일 스탬프 랠리 1일 차

이날은 두 달간 다닐 어학원의 입학식 날이기도 한 날이었다. 어학원의 시작을 기다렸던 적도 있지만, 이제는 어학원의 시작보다 어떻게 해야 '〈드래곤볼〉 스탬프 랠리'를 효율적으로 빠르게 끝낼 수 있을지가 최대 관심사가 되었다. 1월 10일이 되기 전날 신쥬쿠 역에서 JR 노선표를 가져왔다. 그리고 '〈드래곤볼〉 스탬프 랠리'를 하는 장소를 1일, 2일, 3일, 4일로 나눠 표시했다. 졸린 눈을 비비며 입학식 전에 스탬프를 찍기 위해 집을 나섰다. 다이타바시 역에서 게이오선을 타고 신주쿠 역에서 내려 JR선으로 갔다. 출근 시간의 역에는 바쁜 직장인들이 가득했다. 빠르게 움직이는 사람들이 많이 보였다. 그런 사람들 틈에 '〈드래곤볼〉 스탬프' 부스의 야지로베가 보였다. 스탬프는 생각보다 퀄리티가 좋았다. 하나를 찍으니 뿌듯했다. '일본에서 하는 스탬프 랠리를 할 수 있게 되다니. 운이 좋았어!' 기쁘기도 하고 벅차기도 하고 뭔가 이 일정을 사진 외의 것으로 남기고 싶었다. 핸드폰을 꺼내 영상을 짧게 찍었다.

다음 스탬프가 있는 장소로 이동하면서 찍은 사진과 영상 그리고 찍힌 스탬프를 펼쳐 보니 미소가 지어졌다. 요즘은 소확행, '작지만 확실한 행복'이 유행이라고 하던데 어떤 것이 소확행인지 알 것 같았다. 하나의 도장에 세 번씩 줄을 섰다. 한 번은 도장을 찍는 찰나의 모습을, 한 번은 부스의 모습을, 마지막 한 번은 셀카를 찍었다. 지금 생각해 보면 왜 한 번에 두 가지를 하지 않았나 하는 생각이 들기도 하지만, 외국에 가서 혹시라도 나라 망신시킬까 싶어 한 번 찍고 다시 뒤에 가서 줄을 섰다. 몇 번이나 줄을 서고 다시 기다리다 보니 시간이 꽤 걸려서 일곱 개의 스탬프를 찍는 데 2시간이 걸렸다.

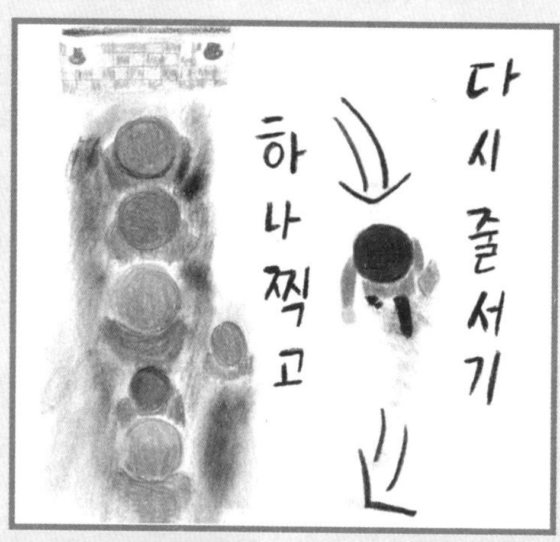
하나 찍고
다시 줄서기

셀카도 찍고
도장도 찍고
부스도 찍고
찰칵!

즐거운 것을 할 때는 시간이 빠르게 흘러간다. 금세 어학원 입학식에 갈 시간이 되었다. 입학식에 참여해서도 살짝 스탬프 책을 꺼내 봤다. 내 손길이 닿아 완성되어 가는 스탬프 책이라니… 좋아서 눈을 뗄 수가 없었다. 입학식이 끝난 후 다시 스탬프를 찍으러 출발했다. 시간이 촉박한 것도 아니었는데 어서 더 많이 찍고 싶었다. 서둘러서 간 다음 장소는 계왕신이 있는 이케부쿠로 역이었다. '평일이면 근무 중 아닌가? 사람이 왜 이렇게 많은 거야?' 신주쿠보다 많은 사람이 있었다. 그리고 유독 큰 역이어서 그런지 부스를 찾는 데에만 20분 정도가 걸렸다.

저녁도 먹지 않고 열심히 도장 찍기에 매진했다. 오후 9시가 넘으면 슬슬 마무리를 짓자고 다짐하고 마지막으로 도장 하나만 더 찍고 돌아갈 생각이었다. 어디로 갈 것인가 고민을 했다. 베지터를 찍을 것이냐, 기뉴와 카린을 찍을 것이냐.

결국은 베지터 스탬프를 찍고 지하철 안에 있는 가게에서 메밀을 먹었다. 메밀이라고 하면 여름에 먹는 시원한 메밀국수가 먼저 떠오르기에 따뜻한 메밀국수는 먹을 때마다 색다르다. 역 안에 있는 가게에서 먹으니, 마치 현지 일본인이 된 기분이었다. 배가 든든해지니 힘도 나서 '그래. 이왕이면 카린하고 기뉴도 찍고 가자!' 결국 다 찍을 건네 그땐 왜 진지하게 고민을 했을까 싶다.

어차피 순서는 상관이 없었는데 그땐 왜 그렇게 그 순서에 집착했을까? 마무리하려던 때에 앞의 일본인이 종이가방에서 주섬주섬 스탬프 랠리의 책 다섯 권을 한 번에 꺼내어 찍는 것을 봤다.

이유는 모르겠지만, 1인 1권이란 규칙이라 생각했다. 시작했을 때, 스탬프 책을 몇 권 챙기는 것이 정해진 규칙에 어긋나는 행동일까 봐 가방에서 한 권을 찍고 넣고 빼고 했다. 마지막에 그 일본인을 봤을 때 정신이 번쩍 들었다. '아! 현지인도 1인 1권을 하지 않나 보다!' 이름 모를 일본 〈드래곤볼〉 팬 덕분에 스탬프 책을 더 챙겼다는 묘한 죄책감이 사라졌다. 한 번에 몇 권을 찍은 모습을 보니 한 번에 하나 찍고 다시 줄을 선 내가 바보 같아서 웃음이 나온다.

1월 14일 스탬프 랠리 2일 차

바람 쌩쌩 불던 날이었다. 나가기 싫었다. '어차피 기간도 길고 하니 나중에 할까?' 유혹이 당겼다. 이불을 뒤집어쓰고 다시 누웠다. 머릿속으로 앞으로 남은 스탬프 개수와 이벤트 기간을 계산해 봤다. '미루다 보면 결국은 하지 않겠지….' 벌떡 침대에서 일어나 준비하고 밖으로 나왔다. 억지로 나온 만큼 가기 싫은 곳에 가기로 했다. 1일 권으로 추가 요금을 내야 하는 곳이었다. 첫날과 다르게 주말이라 그런지 사람이 많았다. 아이와 함께 온 아버지, 어머니들도 보였다. '과연 나도 후에 내 아이와 같이 〈드래곤볼〉을 볼 수 있을까?' 내가 어린 시절에 보았던 것을 아이도 보고 좋아한다면 얼마나 기쁠까? 함께 〈드래곤볼〉을 보고 행사를 즐기는 모습이 보기 좋았다.

누가 그랬던가 일본의 겨울은 춥지 않다고, 뼛속까지 추운 한국의 추위와 비교할 수는 없지만, 일본의 추위도 꽤 강했다. 화살이 내 몸을 뚫는 것 같았다. 특히 기억에 남는 날은 가메아리역의 베지터를 찍었을 때다. 스탬프 장소가 실외에 있었는데 유독 길마저 왜 그렇게 긴지… 일본의 겨울바람을 직통으로 느낄 수 있었다.

이쯤에서 그만 포기할까 싶었던 순간마다 진행되고 있던 특별 행사가 큰 힘이 됐다. 부스마다 그리고 역마다 특별한 행사를 하는 곳이 있었다. “와 이게 뭐야?” 간혹 있는 특별한 행사에 신기함 반, 놀라움 반으로 다시 한 번 흥분됐다. 골드 프리저에게 소원을 비는 통에는 ‘다음에도 이런 스탬프 랠리를 해 주세요.’라고 —적지는 않고 속으로만— 소원을 빌었다. 다음에도 운이 좋으면 이렇게 참여할 수 있기를….

중학교 때, 『건담시드』 소설을 읽고 싶어서 다닌 일본어 학원. 그 학원에서 고등학교 1학년 때 4주간 일본으로 단기 연수를 가는 코스가 있었다. 도쿄에서 떨어진 토리데 역 인근이었다. 그때는 노트북도 스마트폰도 없었다. 미아가 될까 겁나 집과 학원만 왔다 갔다 했다. 추억이 깃든 토리데 역에 도착하자, 그때와 크게 바뀌지 않은 역의 모습에 옛 기억이 새록새록 떠올랐다. 스탬프 랠리에는 역마다 지정된 골인 지점이 있었다. 이 골인 지점에서 맨 앞 페이지에 아무 캐릭터나 스탬프를 일곱 개 찍고 골인 지점으로 지정되어 있는 곳에 가서 보여주면 오공 또는 베지터 두 장 중 하나의 카드를 랜덤으로 받을 수 있었다. 카드를 받고는 싶었지만, 이왕이면 맨 앞 페이지에는 좋아하는 캐릭터의 스탬프만 찍고 싶어서 카드를 받지 않고 있었다. 그 랜덤 카드의 첫 번째를 추억이 깃든 토리데 역에서 얻어 볼까? 서둘러서 스탬프 책의 맨 앞 페이지를 봤다. 스탬프는 다섯 개뿐이었다. '아… 미리 좀 찍어 둘 걸.'

1월 16일 스탬프 랠리 3일 차

세 번 만에 끝내겠다는 처음 바람처럼 오늘 다 끝내겠다는 다짐을 하고 시작했다. 시작하기에 앞서 2일 차에 받지 못했던 랜덤 카드를 받으러 갔다. 타지에서 뭔가를 확인받아야 하는 경우엔 나도 모르게 긴장이 된다. 솔직히 말하자면 그동안 카드를 받지 않은 이유가 좋아하는 캐릭터를 앞에 찍고 싶은 것도 있었지만, '뭔가 음료를 사야 하는 건가? 그냥 카드만 받으면 되는 건가?' 하는 여러 걱정 때문도 있었다. 가게에 들어가서 뭔가 질문을 받는다거나 물건을 사야 하는데 몰라서 허둥지둥할까 봐 괜히 걱정됐다. 그런 민망한 상황이 생길까 봐 혹시 한국 사람이 쓴 후기가 올라오지 않을까 기대하며 기다렸다. 하지만 후기는 올라오지 않았다. 긴장한 채로 직원분이 '구매하는 물건은 없어요?' 하는 눈빛이 보인다면 언제든 돈을 꺼낼 수 있도록 주머니에 천 엔을 넣고 가게에 들어섰다.

"저…저기 이거 전부 모았어요."

하지만 상황은 걱정들이 허무하리만큼 순식간에 지나갔다. 책을 꺼내 스탬프 페이지를 펼쳐 보여 주니 직원분은 책에 체크를 하고 곧장 카드를 주셨다. 그렇게 끝이었다.

내가 일본을 여행하는 이유는 단 하나뿐이다. 바로 〈드래곤볼〉 행사에 참여하기 위함이다. 그래서 행사 시기에 맞춰 가장 저렴한 비행기 표를 끊는다. 대체로 나리타 공항으로 가는 비행기다. 기억상으로 그때까지 하네다 공항은 딱 한 번 가 본 것 같다. 그리고 이날 피콜로와 크리링을 만나러 간 것이 두 번째 방문이 된다. 1080엔, 주말엔 모노레일 1일 권을 구매할 수 있었지만, 내가 간 날은 평일이었다. 돈이 아까워 주말에 다시 올까 싶기도 했지만, 오늘 스탬프 랠리를 끝내겠다는 의지로 제값을 치르고 모노레일을 탔다. 한적한 공항의 모습에 스탬프를 찍기 위해 하네다 공항까지 온 것에 내가 왜 이러고 있나 잠시 허탈했지만, 이제 얼마 안 남은 빈 도장 칸들을 보며 '살면서 내가 언제 또 이렇게 오겠어? 덕분에 새로운 장소 방문도 해 보는 거지.'라고 생각을 전환하니 이번 방문이 특별해지는 것 같았다.

마지막 아키하바라 역의 비루스를 찍고 세 번 만에 모든 캐릭터의 스탬프를 모았다. 하지만 아쉽게도 골인 지점이 오후 8시에 끝나는 장소라 다음 날 다시 가야 했다. 결국, 네 번 만에 스탬프 랠리를 끝마친 셈이었다. 65개의 역을 찾아가 스탬프를 찍는 여정이 어찌 보면 지루해 보일 수 있다. 한국에서도 이렇게 많은 역전을 구경해 보진 않았을 것이다. 매일 이용하는 역만 가지 이렇게 역마다 내려서 그 역을 돌아다닐 일이 없으니 말이다. 살면서 이런 경험이 또 있을까? 오직 내 힘으로 돌아다니며 지도를 보면서 스탬프를 모았다. 별거 아닐 수도 있는 과정들이 기억에 두고두고 남는 특별한 여정이 되었다. 그렇게 생각하니 새삼 기쁘다. 그 기쁨을 표현하고 싶은데 표현할 곳은 없어서 동영상 편집을 시도해 보았다. 기본 동영상 편집 프로그램인 무비메이커를 이용했다. 처음 시도해 본 것이라 허접하기 짝이 없는 결과물이었지만, 좋아하는 〈드래곤볼〉 ost 곡을 삽입해 완성했다. 도장들이 채워져 가는 영상을 볼 때면 당시의 기쁨이 생생하게 되살아난다.

포기하고 싶을 때마다 신기하게도 역에 스탬프를 찾는 팬들을 위한 장소가 마련되어 있었다. 거창하게 꾸며 둔 것은 아니었지만, 재미있는 만화나 문구들로 스탬프의 위치를 알려주기도 하고 천하제일 무도회장의 모습으로 역을 꾸며 놓기도 했다. 이런 소소한 것들이 "혼자가 아냐, 힘내!" 하고 응원해 주는 것 같아서 다시 힘을 냈다. 이렇게 응원해 주는데 어떻게 힘을 내지 않을 수가 있을까?

• 스탬프 랠리의 특별 이벤트

스탬프 랠리에서 진행한 이벤트 중에 가장 컸던 도쿄 역 이벤트가 기억난다. 도쿄 역에 있는 음식점들과 콜라보한 행사였다. 정해진 음식점에서 '드래곤볼 메뉴'를 먹으면 〈드래곤볼〉 스티커를 주는 것이었다. 처음에 갔을 때는 음식들이 모두 품절이라 먹지 못했다. 음식이라긴 뭐하고 디저트였다. 당시 한국에서도 유행하고 있던 '마카롱'이었는데 나는 마카롱의 매력을 잘 모르겠기에 즐겨 먹지 않았다. 그러나 '드래곤볼 마카롱'만큼은 꼭 사서 먹어 보고 싶었다. '다음에 다시 와야겠다.' 아쉬운 마음으로 발걸음을 돌렸다.

두 번째 방문 때도 모두 품절이었다. 팬들과 교류하지 않아 내가 〈드래곤볼〉의 인기를 잘 몰랐던 걸까? 그때까지 팬들의 규모가 현실적으로 잘 와닿지 않았는데 이때, 팬들이 어느 정도 있는지 가늠할 수 있었다. 두 번째 방문이니 다른 것이라도 먹어볼까 싶어 가게들을 기웃거렸다. 그나마 구매할 수 있는 것도 센베이뿐이었다. 나는 평소에도 쌀 과자를 즐겨 먹는 편이다. 별 모양으로 되어 있는 센베이는 내가 좋아하는 쌀 과자는 아니었다. '스티커를 받기 위해 센베이를 사야 할까….' 가격을 한 번 보고 센베이를 한 번 보고 스티커를 번갈아 봤다. 스티커는 갖고 싶지만, 센베이를 사기엔 돈이 아까웠다. 역으로 돌아가려 몸을 돌렸다. 얼마 안 가 포착된 가게 앞에 있는 포스터!

"베지터도 정말 좋아하는 야채와 치즈의 슈퍼 사이야 리조또"

'초록색이라니… 맛있을까?' 그다지 먹고 싶지 않게 생겼다. 센베이보단 돈이 덜 아깝겠다 싶어 가게에 들어갔다. 곧 주문한 음식이 나왔다. 장식인지 초록색 시금치가 음식 위에 올라가 있었다. 나는 시금치를 싫어했다. 그리고 밥의 색도 미묘하게 초록색이다. 최근에 봤던 식욕 저하 음식 사진이 떠올랐다. '설마 진짜 식당이랑 하는 콜라보 음식인데 맛은 있겠지…?'

긴장되는 마음으로 한 입 먹었다. 맛은 생각보다 괜찮았다. 야채죽에 치즈를 곁들인 묘한 맛이었는데 먹다 보니 중독성이 있다.

2. 메트로 스탬프 랠리

JR 스탬프 랠리가 끝나고 이번엔 메트로 스탬프 랠리였다! 당시 일본 여행은 점프의 창간 50주년 기념 전시회를 보기 위해 간 것이었다. 기념 전시회 날짜에 맞춰 메트로에서 점프 콜라보 스탬프 랠리를 진행하고 있었다. '〈드래곤볼〉 스탬프 랠리'였던 JR과 다르게 메트로 스탬프 랠리는 '점프' 스탬프 랠리라고 할 수 있었다.

나리타 주변에 있는 스탬프 장소들을 보고 어떻게 그냥 지나칠 수 있었겠는가? 공항에서 리무진을 타지 않고 게이세 본선을 탔다. 숙소가 있는 신오오쿠보 역까지 거쳐 가는 모든 역의 스탬프 부스를 들러 스탬프를 찍기로 했다. '캐리어에 짐도 별로 없고 엘리베이터나 에스컬레이터를 타고 이동하면 되니까 괜찮겠지?' 가벼운 마음으로 시작했다. 첫 번째 역에서 내가 못 본 건지 메트로의 역들에 원래 없는 건지 올라가는 에스컬레이터가 보이지 않았다. 두 번째, 세 번째 역에서도 계단을 하나씩 오르며 '다음 역에는 있겠지. 다음엔 있겠지? 있을 거야 선진국이잖아….' 하고 되새기고 마음을 다잡았지만, 그다음 역에도 그 다음다음 역에도 에스컬레이터는 없었다. 게다가 스탬프 부스는 JR보다 적었지만, 〈드래곤볼〉 캐릭터를 기대하고 간 장소마다 다른 스탬프가 준비되어 있었다.

알지 못하는 캐릭터들의 스탬프를 찍다 보니 처음과 달리 점점 의욕이 사라졌다. 나중에는 알기라도 하는 캐릭터가 나오면 얼마나 반가워했는지 모른다. 급하게 여행을 오는 바람에 각 역에 어떤 캐릭터 스탬프가 준비되어 있는지 사전에 조사하지 못했다. 게다가 스탬프 책에도 표시가 되어있지 않았다. 운에 맡기는 수밖에 없었다. 일본의 여름은 덥고 습했다. 가벼웠던 캐리어는 금세 엄청난 짐덩이가 되었다. 팔도 아프고 다리도 아픈데 땀까지 났다. 포기하고 싶었다. '다음에는 손오공이겠지. 손오공일 거야. 손오공 도장 하나만 찍고 곧장 숙소로 가자….' 손오공이 나오기만 하면 그만둘 계획이었다. 하지만 손오공은 끝내 나오지 않았다. 그렇게 여행 첫날이 지나갔다.

날이 좋았던 다음 날, 아침 겸 점심으로 먹을 것을 사려고 편의점에 갔다. 이때가 한참 우리나라 TV 프로그램에서 일본 여행이 자주 소개되던 때였다. TV에서 출연자들이 유독 호들갑을 떨며 맛있게 먹었던 달걀 샌드위치가 궁금했다. 평소에 달걀을 좋아하기에 기대했다. 한입 베어 먹어 보니 과연 빵이 부드럽고 고소한 맛이 나지만 호들갑스러운 샌드위치는 아니었다. '진정한 자본주의 사회 연예인이 괜히 연예인이 아니구나….' 했다. 궁금증을 해결한 든든한 아점을 마치고 다시 스탬프 랠리를 시작했다. 전날 그토록 고생하고 나니 이젠 오기가 생겼다. '스탬프를 어서 다 모으고 싶어!'가 아닌 '그래, 어디까지 안 나오는지 보자. 언젠가 나오겠지.' 하며 숙소를 나섰다.

고라쿠엔 역 포스터 중 '너라면 할 수 있어!' 포스터를 봤다. '예전에 나오던 열혈 선생님 느낌이네?' 묘하게 기운을 북돋워 주는 포스터가 맘에 들었다. 그 포스터를 보고 찾아간 스탬프 부스에 손오공 스탬프가 있었다! 고생스러웠던 기억과 오기로 부글대던 마음이 눈 녹듯이 사라졌다. '아, 이걸 보고 싶어서 난 그 고생을 했던 거였어!' 나도 모르게 고개를 끄덕였다. 그리곤 손오공 스탬프를 발견한 기쁨을 누렸다. '원래 계획대로 이제 스탬프 찍기는 그만둘까?' 남은 스탬프를 세 봤다. 여섯 개였다. '사람이 시작을 했으면 끝을 봐야지!' 나는 자리에서 벌떡 일어나 구글을 켰다. 그렇게 메트로 스탬프 랠리도 끝까지 마쳤다.

지금 다시 생각해 보면 메트로 스탬프 랠리에도 분명 캐릭터 지도가 있었을 것이다. 당시엔 스탬프 랠리보다는 다른 행사에 마음이 팔려 알아보지 않았었다. 아마 좀 더 알아봤으면 〈드래곤볼〉 스탬프가 어디에 있는지 확인하고 마음의 준비를 하고 임했을 텐데, 모르고 계속 기대하고 갔다가 아니라는 실망으로 힘들었던 것 같다.

육성구. 고품격 덕후의 세계

스마트폰이 생기고 블로그, 유튜브, 인스타 등 SNS에서 성지순례 사진들을 많이 봤다. 자신들이 좋아하는 만화, 드라마, 영화의 배경지에 간 사람들의 사진을 볼 때마다 부러웠다. 내가 굳이 성지순례를 한다면 〈드래곤볼〉뿐이었다. 그러나 〈드래곤볼〉은 배경지가 존재하지 않는다. 〈드래곤볼〉의 인기가 식는다면 행사도 주최되지 않을 터였다. 행사를 구경 갈 때마다 기대되고 설레면서도 머리 한편으로는 마지막일지도 모른다는 생각을 한다. 이 순간이 다시 오지 않을 것이란 생각이 든다.

처음 〈드래곤볼〉 여행을 떠날 때는 사람들의 시선이 두려웠다. 하지만 곧 그런 시선은 신경이 쓰이지 않게 됐다. 행사의 중심을 선 날들 덕에 행복한 기억들이 쌓여 갔다. 그 행복이 모이고 모여 또 다른 활동을 시작하게 됐고 결국은 발전의 계기가 생겼다. 이런 순간에 지금 내가 서 있다는 것 자체에 감사하다.

1. 선샤인시티의 天下一式道祭[천하제일무도제]

어느 날 보게 된 〈드래곤볼〉 이벤트 소식! "아니 이번에는 메트로 스탬프 랠리야?" JR 스탬프 랠리를 하고 난 직후에 나온 소식이라 조금 황당했다. 그래도 'JR 스탬프 랠리를 참여했으니 이번 스탬프 랠리를 하는 것도 재미있겠네.' 하고 달력을 봤다. 스탬프 랠리만을 위해서 여행을 가는 것은 무리였다. 바로 옆에 있던 노트북을 켰다. 메트로에서 스탬프 랠리를 하는 이유가 분명 있을 터였다. 관련 검색어들을 몇 가지 찾아보니 메트로에서 진행하는 이번 행사는 점프 창간 50주년 기념 콜라보 스탬프 랠리였다.

'제1탄: 창간호부터 1980년대 점프전1'을 시작으로 총 3탄까지 있는 점프 만화 전시회였다. 〈드래곤볼〉 시작이 일본 기준으로 84년이다. 원화를 볼 기회였다. 게다가 며칠 후, 또 날아온 새로운 소식! 선샤인시티에서 '天下一式道祭'(천하제일무도제)를 한다는 것이었다. 한 번에 세 가지 행사를 즐길 수 있는데 미룰 수 없었다.

한국에 놀러 오는 외국 친구가 있을 땐, 항상 "어디 가고 싶어? 뭐 먹고 싶어?"라고 물어본다. 그 친구가 원하는 것을 더 해 주고 싶기 때문이다. 나의 친구들도 언제나 나와 같이 물어본다.

이번에는 일본에 올 때마다 본의 아니게 만나지 못했던 마이를 보기로 했다. 최근 일본 여행은 주로 도쿄로 다녔기에 타 지역에 사는 마이와 만나기가 어려웠다. 안 본 지 오래되었는데 마이가 도쿄로 이사를 오면서 오랜만에 만날 수 있게 되었다. 장소가 동일한 선샤인시티인였기 때문인지 마이는 내가 가고 싶다고 한 곳이 제이월드인 줄 알았던 모양이었다.

외국에 온 나를 위해 기껏 이것저것 알아봤을 마이를 무안하게 하고 싶지 않아서 제이월드에도 방문했다. 즐거운 시간이었다. 좋아하는 친구와 함께 좋아하는 장소에 가는 건 언제라도 즐거운 법이다. 하지만 못내 아쉬운 마음이 들었다. 고민하다 마이에게 사실을 전했다.

"마이, 사실 내가 가고 싶었던 곳은 다른 곳인데 거기도 가지 않을래?"

조심스럽게 말을 건네고 혹여 마음이 상하진 않았는지 마이의 안색을 살폈다.

"어? 정말? 거기도 가자! 기껏 일본에 왔는데 가야지!"

마이는 흔쾌히 내 부탁을 들어주었다. 그렇게 '天下一式道祭'(천하제일무도제)도 갈 수 있게 되었다. 행사장에 도착하니 매표소가 다소 한산했다. 내가 보기엔 위치가 구석진 곳이어서 사람들이 찾기 힘들었던 것 같다.

'이렇게… 인기가 없는 거야? 말도 안 돼. 〈드래곤볼〉인데 왜 사람이 북적거리지 않는 거지?' 〈드래곤볼〉의 인기가 하락한 것 같아서 슬펐다. 그러다 오늘이 금요일인 것을 깨달았다. 나에겐 휴가지만 일본 팬들은 회사에 있을 시간이니 오기 힘들었을 것이다. 제이월드에 다녀온 손님은 할인을 해 주었다. '天下一式道祭'(천하제일무도제) 생각지도 못한 행운에 로또 맞은 기분이었다.

입장하자마자 나타난 대형 오공이와 골드 프리저 피규어! 그리고 조금 더 떨어진 장소에 사진으로만 본 대형 피규어들이 있었다. 그 모습을 보니 상상했던 것보다 더 기뻤다. '아니, 피규어가 이렇게 커? 내가 이걸 보기 위해 왔구나. 시간을 내서 온 보람이 있어!' 마음이 한껏 들떴다.

두
둥

자 잔~

전쟁 하고 친구 되기

KAME HOUSE
헤헤~

사진을 찍을 수 있는 장소도 가득했다. 생각보다 짜릿했다. 축제라는 단어처럼 〈드래곤볼〉 '소년기'와 'Z', 'GT' 그리고 최신 '슈퍼'를 정리한 글과 그림들이 전시되어 있었다. 글과 그림을 보고 '맞아, 이런 내용이 있었지….' 하고 회상하게 됐다. 〈드래곤볼 : GT〉에 대해서는 팬들 사이에서 말이 많지만, 내가 비디오를 빌려서 봤을 때 'Z'의 비디오 옆에 'GT'가 있어서 'Z'의 마지막이 크게 슬프지 않았다.

그리고 마지막 장면에서 '오공이가 있어서 즐거웠다.' 이 대사를 듣고 울었다. 그래서인지 'GT'의 오프닝 'DANDAN'은 언제 들어도 마음이 설레고 한편으론 뭉클하다. 그리고 성인이 되어서 다시 이어지는 〈드래곤볼 : 슈퍼〉 중간 과정에서 실망하지 않았다고 할 수 없지만, 다시 시작된 이야기가 마치 성인이 되어 다시 나를 찾아와 준 것 같아 미워할 수 없는 작품이다. 계속 과거 전성기 시절을 함께하지 못한 것이 언제나 아쉬웠는데 다시 극장판이 나오고 이렇게 행사도 주최하고… 내가 참여하고 있다는 사실에 새삼 기뻤다. '이 특별한 순간을 즐겨야지!'

마지막에는 〈드래곤볼〉 게임 '드래곤볼 히어로즈'가 깔려 있었다. 안타깝게도 나는 게임을 하지 않았다. 이유는 게임을 잘 못한다. 진도가 도저히 안 나가서 〈드래곤볼〉 애정이 감소할 것 같았다. 또 다른 이유는 한번 시작하면 내 삶이 없을 정도로 빠져버릴 것 같았기 때문이었다.

나는 계속 건강하게 즐거운 덕질을 하고 싶다. 그래서 누군가가 플레이한 유튜브 영상을 가끔 보는 것으로 대리 만족을 한다. 굿즈를 구매할 때 전부 구매하기보다는 가격과 실용성을 따진다. 가끔은 두 개가 부합되지 않는 물건을 살 때도 있지만, 그래도 항상 굿즈샵에 들어갈 때면 스스로에게 되새긴다. '나에게 남은 돈은 N엔, 앞으로 여행 기간은 N일 남았다. 적당히 쓰자. 앞으로 계속 덕질 할 거면 적당히 써야 한다.' 이렇게 한 번씩 되새겨 주고 굿즈샵에 발을 들인다.

창간 50주년 기념 '주간 《소년점프》 전'

2018년, 창간 50주년을 맞이한 '주간 《소년점프》' 총 3부작으로 전시회를 개최했다. 필자는 〈드래곤볼〉이 있는 점프전1 창간호부터 1980년대와 점프전2 1990년부터 2000년대를 다녀왔다.

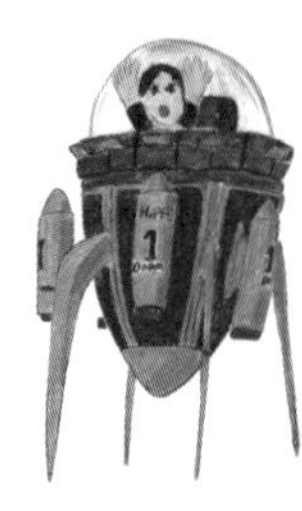

2. 창간 50주년 점프전 1
: 창간호부터 1980년대 전설의 시작

80년대엔 〈드래곤볼〉의 인기가 그다지 좋지 않았다. 후에 천하제일 무도회 설정을 넣고 인기가 상승했다. 인기가 없었던 80년대의 〈드래곤볼〉이 80년대 점프 전시회에 얼마나 비중을 차지하고 있을지 궁금했다. 게다가 80년대 여러 작가의 만화 원화를 볼 기회라니 SNS에 올라온 전시 소식을 봤을 땐 모처럼 흥분했다. 방학이 시작하자마자 바로 떠나고 싶었으나 '이왕 가는 거 한 번에 여러 곳을 다녀오자!' 하는 마음이 들어 다른 행사의 일정과 맞춰 8월이 돼서야 출발했다. 점프가 일본에서 얼마나 큰 영향력을 가졌는지는 짐작하고 있었다. 하지만 외국인 입장이라 정확히 어느 정도인지는 와 닿지 않았다.

점프전을 가는 길에 《소년점프》와 콜라보한 차들의 전시를 봤다. '와… 자동차 콜라보할 정도야?' 그제야 점프의 영향력을 조금이나마 실감했다. 생각하지도 못했던 콜라보 전시에서 아기자기한 자동차에 박혀 있는 손오공의 모습을 찾았다. 흐뭇함에 사진을 찍고서 보니 옆에 사진을 찍을 수 있도록 점프 테두리 판이 준비되어 있었다. '기념사진 찍어야지!' 판을 들고 누군가 나를 찍어 줄 사람이 없을까 싶어 주변을 두리번거렸다. 분주하게 움직이고 있는 스텝들의 모습이 보인다. '다음에 와서 찍어야겠다.' 다시 점프 테두리 판을 내려놨다. 그리고 전시회장으로 발걸음을 재촉했다.

도착한 전시회장의 입구는 한산했다. 포스터를 봤을 때도 아는 캐릭터는 손오공을 제외하면 한 손으로 셀 수 있는 딱 그만큼이었다. '과연 여기서 전시를 다 보는 데 얼마나 걸릴까….' 전시회장에 입장할 때 나누어 주는 랜덤 카드를 받고 점프의 역사 영상을 봤다. 마치 타임머신을 타고 현재에서 과거로 돌아가는 기분이 들었다. 나는 80년, 그때의 〈드래곤볼〉을 만나러 가는 길이다. 초반에 있는 만화들은 지나칠까 하다 이 만화들 있었기 때문에 〈드래곤볼〉 초반에 성적인 장면이 무리하게 나온 것은 아닌가 싶어서 천천히 감상했다. 종이들에는 세월의 흔적이 그대로 남아 있었다. 만화책에서 느끼지 못했던 색연필 자국들과 오려 붙인 대사, 그림의 수정까지도 그대로 남아 있는 원화들의 모습. 그 시대의 작업 방식들…. 70, 80년대의 원화들을 보며 그때 당시 그들이 얼마나 치열하게 작업했는지 느낄 수 있었다.

감상하던 와중 전시장 한편에서 오손도손 이야기하고 있는 중년의 회사원 두 명이 보였다. 이 큰 전시회장에 그들과 나 단 세 사람밖에 없었다. 80년대의 만화를 즐겨 봤던 세대인지 작품 하나하나를 감상하면서 웃음꽃을 피우며 이야기를 나누고 있었다. 그 모습에 나도 궁금해져서 회사원들 쪽으로 이동했다. 그리고 대화를 들으며 '아… 이 만화가 그런 거야? 아, 그런 기법이구나.' 언젠가 나도 저렇게 지난날을 회상하며 전시회에 가서 〈드래곤볼〉에 관해 설명할 수 있는 고지에 다다르기를 바라며 잠시 나도 모르게 그들의 대화에 빠져들었다.

오랜 기다림 끝에 〈드래곤볼〉이 있는 관이 나왔다. 80년대에 인기가 그다지 없었다는 것은 알았지만, 크지 않은 비중에 씁쓸한 마음이 드는 것은 어쩔 수 없었다. 당시에는 〈드래곤볼〉보다는 〈닥터 슬럼프〉가 더 인기 있었다. 한국의 애니메이션 TV 채널인 투니버스에서 방영한 것을 봤을 땐, 아기자기하게 사랑스러운 캐릭터들이 등장하는 〈닥터 슬럼프〉와 〈드래곤볼〉이 같은 작가의 작품이라고 생각하지 못했다. 같이 두고 보니 〈드래곤볼〉에서 나오는 맑고 순수한, 보기만 해도 기분 좋아지는 분위기와 〈닥터 슬럼프〉의 분위기가 닮아 보였다. 다른 만화에는 없는 짧은 영상이 〈드래곤볼〉에 준비되어 있다는 것이 특별 취급받는 것 같고 인정받는 것 같아서 흐뭇했다. '그래. 내가 이런 만화를 좋아하고 있단 거지!'

전시회장에 사람이 없어서 좋은 점은 한곳에 오래 머물러도 괜찮다는 것이었다. 아무도 없는 그곳이 내 세상이었다. 마지막

나오기 직전에는 점프 만화가 애니메이션으로 방영되었을 때의 오프닝을 TV 다섯 대로 틀어주고 있었다. 어린 시절에 비디오를 봤던 그때처럼 오프닝을 보고 싶어 나오기까지 약 20분간 기다렸다. 이미 알고 있는 영상과 노래인데 항상 두근거리는 기쁨은 뭘까? 이런 순간 때문에 늘 다른 계획을 취소하고 〈드래곤볼〉 행사를 가는 건지 모르겠다.

전시회의 마지막에는 굿즈샵이 기다리고 있었다. 나는 어떤 전시를 보든 집에 돌아가서 다시 한 번 전시를 느껴 보기 위해 늘 부록을 산다. 부록과 〈드래곤볼〉 그래픽스 톤 코스터, 랜덤 카드 하나를 구매했다.

프전 전시회 앞에 콜라보 음식점이 있었다. 가게에 들어서자 만화 포스터를 위에 붙여 장식해 놓은 것이 제법 콜라보 식당 태가 났다. 요란하지 않게 꾸며 놓은 깔끔한 공간이 마음에 들었다. 메뉴판을 받아 음식을 하나씩 봤다. 학창시절에 유일하게 남겼던 반찬이 생선가스다. 생선가스와 같이 주는 소스가 싫었다. 그런데 '드래곤볼 햄버거'에 고기가 아니라 하필 생선가스가 들어가 있었다. 다른 메뉴를 슬쩍 봤다. '드래곤볼 햄버거'를 빼고는 괜찮을 것 같다. '다른 거 시킬까….' 곰곰이 생각해 봤지만, 어떤 음식을 시키든 그 메뉴는 지금 이 자리가 아니라면 먹을 수 없는 특별 메뉴다. 거기다 원래 콜라보 음식을 먹을 때는 내 취향은 중요하지 않았다. 눈을 질끈 감고 '드래곤볼 햄버거'를 주문했다.

음식이 나오기까지 전시회 입장 때 받은 랜덤 카드와 구매한 랜덤 카드의 포장을 뜯었다. '부디 나와라. 오공!' 확인한 카드들은 전부 다 모르는 만화 카드였다. 적은 확률이지만 운 좋게 〈드래곤볼〉 카드가 나왔더라면 좋았을 텐데…. 아쉽긴 했지만, 이런 것이 랜덤 카드의 즐거움 중 하나니까…!

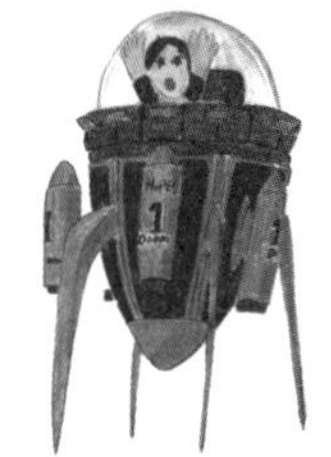

3. 창간 50주년 점프전 2 :1990년부터 2000년대 653만 부의 충격

점프전1을 보고 돌아오며 '당연히 다음에 일본에 간다면 점프전2 때문이야!' 하고 생각했다. 당장 비행기 표를 알아보고 싶었으나, 전시회 기간에 논문 발표가 겹쳐 있어서 갈 자신이 없었다. 운이 좋다고 해야 할까 나쁘다고 해야 할까? 논문을 뒤엎게 되면서 발표가 몇 달 뒤로 밀렸다. 논문 계획을 다시 짜야 하는 허망함과 슬픔보다는 '아, 뭐야? 전시회 다녀오고 나서 다시 쓰면 되겠다.' 하는 기쁨이 컸다. 운 좋게 전시회가 끝나기 직전에 90년대의 〈드래곤볼〉을 만나러 갈 수 있게 됐다. 점프전1을 봐서일까? 90년대, '〈드래곤볼〉의 인기가 하늘을 찌르고 있던 그 시기의 점프전2는 얼마나 멋진 모습일까?' 이런저런 상상으로 기대가 부풀었다. 미국에서 만났던 친구 노부를 전시회장 앞에서 만났다. 전시회장은 나처럼 마지막 기회를 놓치지 않으려고 온 사람들로 북적였다.

이렇게 많은 사람이 전부 〈드래곤볼〉 팬은 아니겠지만, 마치 다들 〈드래곤볼〉 팬인 것처럼 묘한 동지애가 생겼다. '전시회장에 들어가면서 랜덤 카드를 받고 저번과 같이 점프의 역사 영상을 보며 현대에서 90년대로 가는 기분을 느끼겠구나….' 지난번 전시회를 떠올리며 예상했다.

랜덤 카드를 들고 영상을 기다리는 것까지는 내 생각과 다르지 않았는데 나온 영상이 달랐다. 그것도 다름 아닌 프리저 때의 〈드래곤볼〉의 영상! 공간이 내가 좋아하는 캐릭터들로 꽉꽉 채워졌다. 노자와 마사코 님의 목소리까지 더빙되어 있는 영상을 보고 있으니 〈드래곤볼〉 팬으로서 기쁘고 으쓱한 기분까지 들었다. '아, 역시 무리를 해서라도 오길 잘했구나.' 이곳에 잘 왔다고 말을 해 주는 것 같았다. 예상하지 못한 영상에 마음이 들떴다. 드디어 작품들이 있는 곳으로 들어가자 어디선가 'CHA-LA-HEAD-CHA-LA'(〈드래곤볼 Z〉 ost)이 들려왔다. 오프닝 소리와 펼쳐진 〈드래곤볼〉 작화 모습에 행복한 웃음이 나왔다.

이번에는 인기가 절정에 올랐던 〈드래곤볼 Z〉의 전시라 그런지 〈드래곤볼 : 소년기〉와 다르게 점프전2에서 가장 길고 가장 규모가 컸다. 위에서는 계속해서 〈드래곤볼 Z〉 오프닝이 나오니 눈뿐만 아니라 귀도 즐거웠다. 한 발, 한 발 앞으로 가며 90년대 작업물들을 봤다. 작업이 완료된 작업물들에 손을 거친 흔적들이 그대로 남아 있었다.

좋아하는 만화의 원화들에 둘러싸여 있으니 행복했다. '세상에. 내 눈으로 원화를 직접 보다니.' 90년대의 〈드래곤볼〉 원화를 눈 속에 가득 담은 것만으로 한없이 행복했다.

18년도에 사는 내가 90년도 〈드래곤볼〉의 분위기를 느끼고 있었다. 힘들게 찾아온 만큼 더 계속 서서 보고 싶었다. 다행인지 불행인지 앞에 사람들이 매우 천천히 움직여 나 또한 충분히 전시를 만끽할 수 있었다. 옆에서 〈드래곤볼〉을 좋아한다는 말이 들릴 때마다 '나도 좋아하는데!'라고 속으로 외쳤다. 대화를 하지 않아도 묘한 동지애가 느껴졌다. 〈드래곤볼〉을 지나치자 아는 만화들이 나왔다. 〈유유백서〉, 〈유희왕〉, 〈봉신연의〉, 〈슬램 덩크〉 등 좋아했던 작품들을 한자리에 모아서 보고 있으니 웃음이 절로 나왔다.

중간에 사진 촬영이 허락된 공간이 나왔다. 흡사 나무 모습처럼 보인다. 핸드폰을 꺼내 사진을 찍었다. 전시회장을 배경 삼아 내 사진도 찍고 싶었다. '나도 찍어도 괜찮은 건가?' 주변을 두리번거렸다. 다들 653만 부의 모형만 찍을 뿐 자기 사진을 찍는 사람은 아무도 없었다. '사진 OK' 표시를 지그시 봤다. 될 것 같은데 아무도 찍지 않으니 자신이 없었다. 왠지 찍고 나서 혼나

는 부끄러운 상황을 맞을 것 같았다. 다행히 오늘은 현지인 찬스가 있었다. '역시 친구하고 오길 잘했지!'

"누나! 점프 책 앞에서 내 사진 찍어도 돼?"

"응, 가능해. 사진 찍어 줄까?"

"응!"

사진을 찍고 보니 물어보길 잘했다. 안 찍고서 후에 사진 촬영이 된다는 것을 알았다면 얼마나 아쉬웠을까.

마지막 퇴장 경로에 들어서자 주간 《소년점프》 만화가들의 코멘트가 있었다. 토리야마 아키라님의 코멘트를 찾는 것도 하나의 재미였다.

옛날 〈드래곤볼〉 애니메이션은 노터치였습니다만, 줄거리라든지 대사라든지 디자인이라든지 꽤 도움이 되고 있습니다. 이제는 이야깃거리가 없다고 하면서 연재를 종료했는데 그림을 그리지 않아도 되었을 때 의외로 이야기가 떠오릅니다. 결국은 만화를 그리고 싶지 않을 뿐인 나무늘보였는지도 모르겠네요.

'새로운 이야기가 떠오릅니다.'라는 구절을 보고 '앞으로도 계속 볼 수 있는 걸까?' 싶어서 기대감에 부풀었다. 새로운 이야기를 하는 동안 나와 같은 팬들이 좋아하고 환호하는 만큼 작가분들(토리야마아키라님, 도요타로님)도 즐겁기를, 그 여정이 끝이 날 때, 다시 한 번 수고하셨다고 그리고 덕분에 나는 행복했다고 감사 인사를 전하고 싶다.

이번에도 점프전1과 마찬가지고 전시회 앞에 콜라보 음식점이 보였다. 혼자 왔더라면 바로 줄 서서 먹었겠지만, 이후 저녁 약속이 있어 가지 않으려 했다. 그런데 진실인지 하얀 거짓말인지 갑자기 배가 고프다며 노부가 뭐 좀 먹자고 했다.

"노부, 예약하고 저녁 먹을 텐데 괜찮겠어?"

"응. 나 배고파 [illegible] 간단한 디저트 하나 먹어~"

"그럴까?"

계획과 다르게 점프전 콜라보 음식점에 가게 되었다. 줄을 서서 창문에 다닥다닥 붙어 있는 만화들을 보고 있으니 특별한 음식점에 가는 기분이 들었다. 기다리는 동안 이번에 받은 주간 《소년점프》 표지 랜덤 스티커를 뜯어 보았다. 저번 점프전1의 경험이 있어서 〈드래곤볼〉이 아니더라도 내가 아는 만화 주인공이면 만족했을 것이다. 사실 이번에는 당연히 아는 캐릭터는 나올 것이라 막연하게 생각했다. 전시 만화 중 9분의 5가 아는 만화였기 때문이었다. 50프로가 넘는 확률이었기에 자신 있었다.

하지만 결과는 경찰복을 입은 캐릭터 주인공이 나왔다. '누구냐 넌….' 자신만만했는데 오늘 처음 본 캐릭터라니 허무했다. 옆에 노부의 손에 들린 카드는 〈바람의 검신〉이었다. 둘 중 한 명은 〈드래곤볼〉일 줄 알았는데 역시 랜덤 카드의 행운은 잡기 어려운 것 같다.

시간이 흘러 우리가 들어가기 직전이었다. 테이블들을 보니 만화의 장면들로 꾸며져 있었다. '카드도 못 받았는데 부디 자리라도!'

운이 좋게도 행운의 자리 〈드래곤볼〉 테이블에 앉을 수 있었다. 사소한 것에 기뻐하는 내가 바보 같았지만 좋았다. 저녁 약속이 없었더라면 음료와 음식을 시켰겠지만, 저녁 약속이 있는 관계로 음료만 시켰다. '신룡 음료'는 신룡의 신비스러운 느낌을 살리기 위해 맛은 포기한 모양이었다. 각 콘셉트의 음식을 시키면 해당 만화의 카드 준다. 나는 오공이를 받았다. 이 카드를 받을 수 있는 특별한 음료라 생각하니 그 맛조차도 그렇게 만족스럽지 않을 수 없었다.

4. 〈드래곤볼〉 월드 어드벤처 홍콩

1) '월드투어'라고?

2018년에 우연히 '〈드래곤볼〉 월드투어 어드벤처' 광고를 봤다. '〈드래곤볼〉도 월드투어를 한다고? 세상에나 대단해!' 가고 싶은 마음에 서둘러 방문국들을 확인했다. 그런데 아시아권은 없고 기간도 얼마 남지 않아 갈 수 없었다. 가까운 나라가 있었더라도 돈도 시간도 부족해서 가지 못했겠지만, 마지막일 수도 있는 기회를 놓쳤다는 생각에 두고두고 아쉬웠다. 그런데 2019년, 한 번 더 기회가 왔다. 2019년엔 아시아 국가들도 추가되어 상해, 홍콩, 일본에서 개최할 예정이라는 소식을 먼저 들었다. 한국에서는 행사를 주최할 수 없을 만큼이나 극장판 '브로리' 성적이 좋지 않았던 걸까…. 상해, 홍콩, 일본 중 어디로 가야 할지 곰곰이 날짜와 위치를 따져 봤다.

당시 일본은 장소 미정으로 공지되어 있었고 언제인지도 어디인지도 모르는 채로 행사를 기다리는 것만큼 초조한 것도 없기에 일본은 우선 제했다. 남은 두 곳, 상해와 홍콩 어디로 가야 더 재미있을까 고민하다가 최근에 아이돌 월드투어를 따라간 친구처럼 아예 두 곳에 다 가 버릴까 하는 생각도 했다. 그러기엔 처음 가는 상해가 어쩐지 불안했다. 괜히 두 군데를 시도했다가 두 군데 다 보지도 못하고 올 수도 있을 것 같아 걱정되었다. '그래 하나라도 제대로 다녀오자' 사이트에 들어가 상해와 홍콩 두 곳을 비교해 참여 회사가 세 곳 더 있는 홍콩으로 정했다. 행사를 한 달 동안 진행하는 홍콩이라 언제 출발할지 고민도 들었다. 행사 기간 중 몇 번째 날에 가 보는 게 좋을지 따져 봤다. 그리고 트위터에 월드투어 첫 날, 팬들과 다 같이 찍은 영상이 올라왔다. "와! 첫날엔 뭔가 이벤트도 있나 보네? 그래. 이왕 간다면 첫 번째 날 이벤트가 가장 크겠다!" 이렇게 나의 여행 계획의 첫 단추가 꿰졌다.

2) 역시 행사는 첫 날을 노려야지!!

첫날, 8월 8일을 노려서 8월 6일 밤 비행기를 타고 8월 7일 새벽에 홍콩에 도착했다. 8월 7일 사이트를 확인하니 오전 10시, 오후 6시에 시작한다는 두 가지 공지가 올라와 있었다. 당시 자세히 읽어 보지 않아 둘의 차이가 뭔지도 모른 채 일단은 일찍 가는 게 좋겠지 싶어 오전 10시에 맞춰서 홍콩 타임스 스퀘어로 향했다. 코즈웨이 역에서부터 타임스 스퀘어 가는 길에 〈드래곤볼〉 광고가 깔려 있었다. 커다란 광고판과 에스컬레이터에 〈드래곤볼〉 광고가 붙어 있는 것을 보니 작은 '〈드래곤볼〉 테마파크'

에 가는 기분이 들었다.

도착 시각 AM 9:50, 행사장 밖에 놓인 커다란 피규어들의 얼굴이 검은 봉지로 가려져 있었다. 타임스 스퀘어에 피규어가 있는 것이 신기하고 천하제일 무도회장까지 준비되어 있는 것도 신기해서 입을 벌리고 "우와, 우와!" 감탄사를 연발하며 사진을 찍던 나에게 멀리서 누군가 말을 걸었다. "〈드래곤볼〉은 위층으로 가면 있어요!" 별다른 말 없이 위층에 〈드래곤볼〉이 있다고 말한 것을 보면 사진을 찍고 있는 내 모습이 〈드래곤볼〉 팬처럼 보였던 것 같다. '뭐지? 뭔가 시작된 건가?' 싶어서 서둘러 위층으로 올라갔다. 에스컬레이터를 타고 위층으로 올라가는데 서서히 대형 신룡의 모습이 보였다. 1~6층까지의 높이로 있는 대형 신룡의 모습에 설레었다.

옆을 보니 커다란 전광판에 사람들이 줄지어 서 있다. 앞으로 다가가 직원처럼 보이는 분한테 이게 무슨 줄이냐고 물어보려는데 "이쪽이 〈드래곤볼〉 라인이에요!" 하고 물어보기도 전에 대답을 해 주셨다. 안내까지 해 주셔서 나는 일단 줄을 섰다. '다음번에 지나가면 물어봐야겠다. 아마도 앞에 있는 대형 게임 줄인가 보지?' 한 시간 정도 기다리니 내 앞에 몇 사람 남지 않았다. '이제 곧 내 차례!'라는 생각이 들자 이 순간을 영상으로 남기고 싶었다. 주섬주섬 핸드폰을 꺼내어 켰다. 행사가 시작되는 곳으로 들어갈 것이라 기대했던 내 마음과 달리 엘리베이터를 타고 내려갔다. 엘리베이터에서 내리니 어두침침한 지하였다. 에어컨도 없는 지하에서 또다시 줄을 섰다. '이게 대체 무슨 줄이지…' 의문이 들어 인터넷을 켰다.

이런…. 그 줄은 피규어 구매 줄이었다. 이벤트 공지를 좀 더 자세히 봤더라면 피규어 이벤트인 것을 알았을 텐데 허탈했다. 원래는 오전 이벤트가 무엇인지 살짝 보고 식사를 할 예정이었건만, 배도 고프고 목도 마르고 다리도 아팠다. 게다가 나는 사실 피규어에 욕심도 딱히 없었다. '줄을 서지 말고 밥을 먹으러 갈까?' 그때 어디선가 나오는 에어컨 바람이 느껴졌다. 앞을 살짝 보니 슬슬 내 차례인 것 같았다. '아냐. 거의 다 왔는데 참고 기다리자.' 하지만, 끝이라 생각했던 순간에 나는 또다시 에스컬레이터를 타고 어딘가로 이동을 하고 있었다.

길게 늘어선 사람들과 함께 저 멀리 최종 목적지가 보였다. 줄을 오래 서서 다리도 허리도 아팠지만, 많은 팬이 아침부터 와서 피규어를 구매하기 위해 줄을 선 모습을 보니 말로 할 수 없는 동질감과 뿌듯함이 느껴졌다. 얼마나 더 기다렸을까? 드디어 피규어를 구매할 수 있었다. 먼저 기계에서 살 피규어를 찍어 영수증을 받고 줄을 더 선 후 창구에서 결제하고 구매 물품을 받았다. 이제는 고지였다. 조금씩 앞으로 가면서 〈드래곤볼〉 피규어들 사이에서 나오는 〈드래곤볼〉 게임 '카카로트' 광고 화면을 봤다. 그 한복판에서 지금 내가 이 행사의 중심에 서 있다는 생각이 들었다. 기뻐하며 여기저기 두리번거리는 내가 귀여워 보였던 걸까? 뒤에 있던 한 홍콩 커플이 사진을 찍어 주겠다며 먼저 말을 걸어 주었다. 생각지도 못한 기념사진도 찍고 4시간에 걸쳐서 피규어와 월드투어 가방도 구매했다.

3) 나와랏! 신룡!!

다음 행사까지는 4시간 정도 남아 있었다. '홍콩에 왔으니 유명한 에그타르트는 먹어 봐야겠지?' 하고 주변 미드나잇 에스컬레이터에 다녀왔다. 에그타르트를 먹고 여유롭게 돌아다니다 오고 싶었지만, 혹시나 행사 시작 전에 도착하지 못할까 싶어 에그타르트만 사서 다시 돌아왔다. 급하게 움직여서인지 시간은 1시간 정도 여유가 있었다. 앉아서 쉴지, 작은 이벤트로 하는 'QR코드 드래곤볼 찾기'를 해 볼지 고민이 되었다. 그동안 한 번도 드래곤볼을 전부 찾아보지 못했다. 전부 찾는 것이 가능하기나 할까? 엘리베이터 옆에 배치된 'QR코드 드래곤볼 찾기' 부스를 살짝 보니 이건 좀 할 만하겠다 싶었다. 라인을 켜 QR코드를 인식했다. 엘리베이터를 타고 하나하나 찾으니 어느새 순식간에 세 개나 찾았다. 두 개 이상 찾은 건 처음이라 흥분되었다. 더 찾고 싶었지만, 시간은 어느새 6시가 다 되어 있었다.

'나머진 행사를 보고 나서 해야겠다.' 아쉬웠지만, 트위터에 올라온 영상 속 사람들처럼 수많은 팬 사이에 콩알만 하게라도 나오고 싶어 낮에 봤던 천하제일 무도회장으로 향했다. 행사를 충분히 즐기고 행사 시간이 끝나기 전까지 남은 드래곤볼을 찾아

나섰다. 월드투어의 이벤트라 그런지 행사장 곳곳에 드래곤볼이 있었고 도저히 보이지 않는 것은 직원분께 물어봤다. 이번에는 직원들이 사전에 위치를 다 아는 것인지 '드래곤볼 별'에 맞춰서 힌트를 알려 주셨다. 마지막 드래곤볼을 찾고 QR코드를 찍는 순간, "아, 드디어 내가 드래곤볼을 다 찾았구나! 이런 날이 오다니!" 하는 감격의 말이 튀어나왔다. 너무도 기뻤다.

'드래곤볼 찾기' 도전 세 번 만에 드디어 드래곤볼을 다 찾았다. 하지만 기쁨도 잠시 QR코드가 인식되지 않았다. 재시도했지만, 결과는 마찬가지였다. 여러 번 시도해도 '인식 불가' 창만 떴다. 결국, 이렇게 다 찾지 못하는 건가. 실망하며 돌아가려던 순간 "사진으로 저장해 보는 건 어때요? 마지막은 저도 인식이 잘 안 되었어요." 한 홍콩 분이 말씀해 주셨다. "아 그럴까요? 잠시만요 해 볼게요." 핸드폰이 문제였을까? 사진 찾기가 뜨지 않았다. "아… 저는 안 되나 봐요." 실낱같은 희망이 사라지니 더욱 침울해졌다. "그러면 제 폰으로 찍어서 인식 한번 해 보세요." 그분은 자기 핸드폰으로 QR코드를 찍고 나에게 보여 주었다. 설마 되겠어? 미심쩍었지만, 도와주신 마음이 고마워서 시도해 봤다. 그런데 이럴 수가… 됐다! "오와! 고마워요. 덕분에 저도 다 찾았네요!" 그분께 연거푸 감사 인사를 하고 마지막으로 오는 아침에 봤던 전광판으로 향했다. 그곳에 가면 끝이었다. 우여곡절 끝에 전부 모아서 그런지 진짜 보물을 발견한 것처럼 기뻤다.

이름을 적고 원하는 소원을 선택하면 큰 화면에 이름과 소원이 떴다. 이 순간을 남기고자 핸드폰으로 사진을 찍었다. 그리고 선물을 받으러 갔는데 "죄송합니다. 선물을 드릴 수가 없어요. 마지막 QR코드를 찍고 오셔야 해요." 마지막 QR코드를 찍지 않아서 줄 수 없다는 말이었다. 그렇다. 사진 찍기에 정신이 없어서 QR코드를 찍지 않았다. 다시 행사장에 돌아가서 하려고 했지만, 이미 한 번 입력된 것이라 되돌릴 수가 없었다. 별거 아닌 선물이라도 받고 싶었다. 행사장의 직원분께 도움을 구했다.

"저기...QR코드를 마지막에 촬영하지 않았는데 어떡해요?"

직원 분께 핸드폰을 보여드리면서 말했다. 직원분과 다시 마지막 QR코드를 받기 위해 시도했지만 완료 문구만 보일 뿐이었다.

"잠시만요. 제가 같이 가드릴게요."

〈드래곤볼〉 행사 유니폼을 입은 한 직원분이 같이 데스크에 가 주셨다. 그때는 정말 천군만마 얻은 기분이었다. 둘이서 어떤 대화를 하는지 알아듣지는 못했지만, 결국 선물을 받았다. 사이트에서 본 커다란 월드 어드벤처 가방은 얻지 못했지만, 처음으로 드래곤볼을 전부 찾아 받은 선물이라 그런지 별거 아니어도 뿌듯하고 기분이 좋았다.

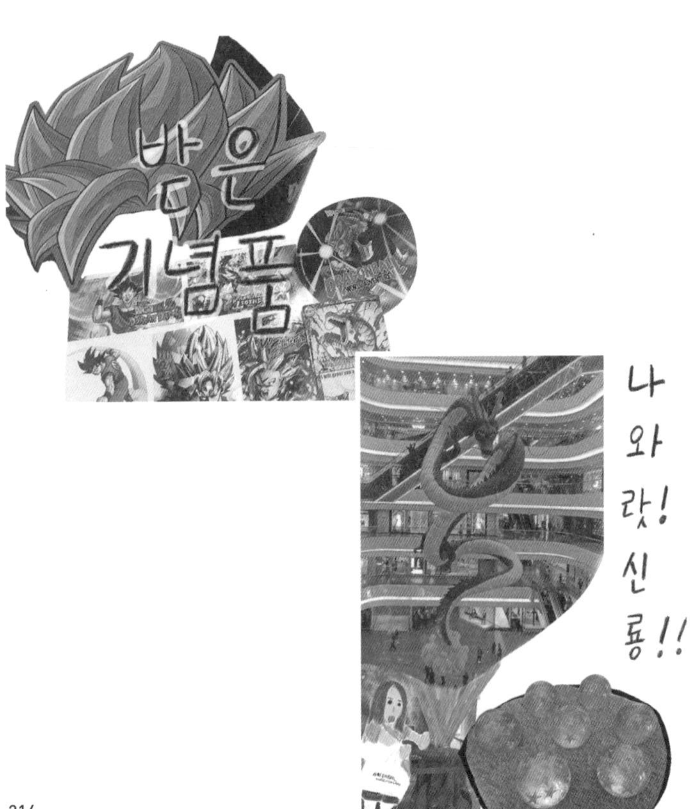

4) 말은 안 통해도 우린 다 같은 덕후군요

아침에 봤던 천하제일 무도회 건물 앞에 서둘러 줄을 섰다. 6시가 얼마 남지 않았다. 기다리는 사람들의 틈에서 지나가는 사람들과 사진을 찍는 사람들을 구경하니 관객이 된 기분이다. 서로 대화하는 모습에 이 자리에 한국인이 한 명이라도 있었다면 나도 모르게 말을 걸지 않았을까 하는 생각도 들었다. 이 순간 월드투어라는 행사 중심에 서 있다는 것 자체가 감사한 일이었다. 그렇게 이런저런 상상을 하다 보니 금세 6시 정각이었다. 그런데 행사를 시작할 기미가 보이지 않았다.

'무슨 일 있나?' 제때 시작하지 않으니 이상했다. 핸드폰을 켜 사이트에 들어가 확인했다. 시작 시각이 6시 30분으로 바뀌어 있었다. 언제 바뀐 건지 모르겠지만, 아무래도 준비 시간 때문에 변경이 있었던 모양이었다. 뒤를 돌아보니 벌써 내 뒤에 많은 사람이 서 있었다. 앞에 서 있으니 왠지 뿌듯했다. 시간이 되어 천하제일 무도회 건물에 입장했다. 건물 입구에는 월드투어의 마스코트로 보이는 손오공과 베지터의 대형 피규어가 있었다. 〈드

래곤볼 : 소년기〉 오프닝이 흘러나오고 '소년기' 편에 나오는 천하제일 무도회 모습이 보였다. 제22회 천하제일 무도회 때 진짜 사용했던 것 아닐까 싶을 정도로 실제 같은 대진표와 사진들 그리고 바닥을 보니 만화 배경지 성지순례에 온 기분이었다.

왼쪽 벽에는 피규어들이 놓여 있고 오른쪽 벽에는 〈드래곤볼 Z〉 영상이 나오고 있었다. 'Z' 피규어들을 보고 저런 식으로 꾸미려면 장소가 어느 정도 필요할까 싶었다. '혼자서는 힘들어도 언젠가 다른 팬들과 함께 갖고 있는 피규어를 모아 한자리에 전시할 기회가 있으면 좋겠다.' 하고 상상을 하며 하나씩 감상했다. 공간의 제일 안쪽 끝에 사진을 찍을 수 있는 포토존이 있었다.

오공과 함께, 베지터와 함께, 혼자서 총 세 번을 찍을 수 있는 포토존이라 해야 할까? 기술 발달하니 캐릭터와 함께 사진을 찍는 방법도 다양해졌다. 드디어 내 차례가 되었다. 쑥스러워도 세 가지 다 찍어야지 했던 처음 마음과 다르게 막상 앞에 서니 쑥스러움이 몰려왔다. 줄을 서 있는 사람들의 눈이 모두 나를 향해 있었다. 도저히 오랫동안 포즈를 취하며 사진을 찍을 수가 없어 베지터와 겨우 한 장만 찍었다.

밖으로 나오니 아침까지는 검은 봉지로 모습을 감추고 있던 피규어들의 모습을 볼 수 있었다. 천하제일 축제 때도 이것처럼 나와 크기가 비슷한 피규어를 봤지만, 왠지 그때와 다른 느낌이었다. 타임스 스퀘어 곳곳에 있는 피규어들이 마치 지금 움직일 것 같은 모습이라 그랬던 것 같다. 더욱 설레었다. 가까이서 볼 수 있는 점도 좋았다. 행사장을 돌며 웃으면서 사진을 찍었다. 사진을 본 주변 친구들이 누구랑 같이 다녀왔냐고 물어볼 정도로 주변에서 먼저 '사진 찍어드릴까요?' 하며 물어봐 주셔서 기념사진이 많이 남았다. 말은 통하지 않았지만, 도움을 주려는 분들이 왠지 오랜 친구들처럼 느껴졌다. 반가웠고 감사했다.

이런게
소확행~

KAME
HOUSE
신나
오공과 부르마와 함께 사진 찍

사탄을 이겼다!!
2019
CHAMPION

쭈우우욱!!
으아아악~

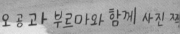

5. 〈드래곤볼〉 월드 어드벤처 일본

〈드래곤볼〉 월드투어 마지막 장소는 점프 페스타였다. 처음 이 소식을 접했을 땐 조금 언짢았다. 마지막 장소를 크게 기대하고 있었는데 다른 곳에서는 〈드래곤볼〉이라는 이름을 내세웠다면 이번 마지막 장소는 '점프'를 앞세운 행사라는 인상을 받았기 때문이었다. '일본에서도 한국과 마찬가지로 〈드래곤볼〉 이름 하나로 행사를 열기 힘든 건가?' 무엇을 앞세웠든 간에 정말 가고 싶었다. 홍콩에서의 기억이 좋았던 만큼 마지막 월드투어의 현장을 상상하면 마음이 한껏 기대에 부풀었다.

1) 월드투어의 마지막 장소 가기

분명 '일찍 가서 스페셜 게스트 노자와 마사코 님(손오공 성우)과 쿠사오 다케시 님(트랭크스 성우)을 봐야지!' 하고 잠이 들었는데 눈을 뜨니 예정했던 기상 시각보다 1시간이 지나 있었다. 일어나서 좀 당황했다. 아침으로 짬뽕을 먹으려 했던 계획은 내일로 미루고 서둘러 마쿠하리 멧세로 갔다. 어차피 다음 날에도 갈 것이라 천천히 가도 되는데 5분 늦어질 때마다 구경할 것이 사라지는 것 같아 허겁지겁 갔다. 역에서 내리자 곳곳에 안내 표지판과 안내원들이 있었다. 덕분에 길을 잃지 않고 곧장 행사장에 도착했다. 행사장은 마치 코엑스 행사장 두 곳을 합친 장소 같았다. 곳곳에 대형 점프 주인공 캐릭터 풍선들이 보였다. 눈이 휘둥그레져서는 오공 풍선을 찾았지만, 보이지 않았다. '마지막 월드투어인데 신세가 너무 찬밥인 거 아닌가?' 하며 서운해하고 있는데 안쪽에서 오공의 모습이 살며시 보였다. '그래. 원래 주인공은 가장 마지막에 있는 법이지?' 뉴욕에서도 전시되었던 캡슐 코퍼레이션과 슈퍼 사이야인 블루 오공의 모습을 보니 가슴이 두근두근했다.

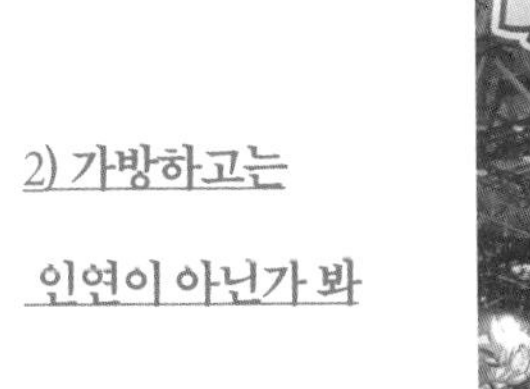

2) 가방하고는 인연이 아닌가 봐

먼저 캡슐 코퍼레이션에서 '드래곤볼 레이더'를 받았다. 오른쪽에는 간단한 퀴즈가 일본어로 쓰여 있었다. 외국어를 해석할 엄두가 안 났다. 막연히 어려울 것이라는 느낌이 들었다. 어쩌면 좋을까 하고 생각하다가 고개를 들어 앞을 보니 나처럼 '드래곤볼 스티커'를 받으려고 줄을 서 있는 사람들이 보였다. 냉큼 그 뒤에 따라 줄을 섰다. 그리고 날로 먹을 생각으로 정답을 말하는 목소리에 귀 기울였다. "$%^$^시마시타."[했습니다.] '아, 했다고 하기만 하면 되나 보구나.' 내 차례가 되어 나도 앞 사람을 따라 '시마시타'라고 했다. 그러자 정말 스티커를 붙여 주었다! '이건 금방 하겠구나?' 기분이 좋아졌다.

가벼운 발걸음으로 다음 스티커 장소로 갔는데 아무도 없었다. '아… 파파고 써야겠다.' 서둘러 번역기를 사용했지만, 퀴즈 내용은 잘 이해되지 않았다. 할 수 없었다. 직접 읽어 보는 수밖에. '새…로운 게임 타이틀이며 손오공의 또 다른 이름은 무엇인가?' 막상 읽어 보니 쉽게 해석이 되는 일본어였다. '뭐야 쉬운 거였잖아?' 직접 해석하고 퀴즈를 풀러 가니 자신감이 솟았다. 이번에는 여섯 개의 퀴즈를 모두 풀고 '〈드래곤볼〉 월드투어 어드벤처 가방'을 받을 수 있을까 기대했다. 처음부터 갖고 싶었던 가방은 아니었지만, 이제는 오기로라도 받고 싶었다. 여섯 개의 퀴즈를 모두 풀고 가방을 받으러 갔는데 품절이었다. '세상에…. 일본에 와서도 못 받다니…. 내일은 더 일찍 와서 받고야 말리라.' 다음을 기약하며 가방 대신 포스터를 받았다. 받고 나니 어쩐지 가방보다는 포스터가 더 효율적인 것 같았다. 그리고 전날보다 이른 시각에 도착했으나, 다음 날에도 가방은 품절이었다. '가방하고 나는 인연이 없나 보다.' 아쉬운 마음에 가방 사진이라도 찍었다.

3) 오늘 난 성덕이 되었다

3-1. 점점 마음이 끌려―아사오카 유야(U-ya Asaoka)

지금 생각해 보면 왜 몰랐던 건지 나조차도 이해가 가지 않는다. 〈드래곤볼〉이 일본 만화인 것을 중학교 1학년 때 알았다. 그런데 곰곰이 생각해 보면 초등학교 시절 내내 〈드래곤볼〉 일본 ost를 들었다. 그 시절엔 '소리바다'라는 음원 사이트가 가장 대중적이었는데 당시 사이트 검색창에 〈드래곤볼〉이라고 치면 여러 노래가 나왔다. 나는 비디오에 나오는 오프닝을 카세트에 녹음해 들었고, 언어는 몰라도 검색 결과로 그저 〈드래곤볼〉이라고 써 있는 곡을 다운받아 들었다. 그래서인지 한국의 오프닝만큼 아니, 이제는 더 많이 들은 오프닝이 일본 버전이다.

21일 점프 페스타 1차 행사 때 늦는 바람에 성우님들의 행사를 보지 못했다. 스테이지 행사는 비중이 크지 않았기에 '드래곤볼 찾기'나 '근두운 타기'를 하고 행사 사진을 찍으며 돌아다니다가 잠시 화장실에 갔다. 행사 화장실 앞에 늘어선 줄이 설 연휴의 휴게소 화장실 앞 못지않았다. 한참을 기다리고 있는데 멀리서 들려오는 익숙한 노랫소리! 'Dan Dan'이었다.

"헉, 뭐지? 'Dan Dan' 가수 온다는 글은 못 봤는데?" 어리둥절

했지만 조금이라도 볼 수 있을까 싶어 서둘러 행사장으로 갔다. 스테이지 양옆에는 〈드래곤볼 : GT〉의 장면이 상영되고 있었고 아사오카 유야(U-ya Asaoka) 님이 노래를 부르고 계셨다. '〈드래곤볼〉도 ost 공연이 있었으면 좋겠어!' 했던 바람이 작은 공연이지만 이뤄진 것 같았다. 'Dan Dan' 노래는 〈드래곤볼 : GT〉의 첫 오프닝 곡이면서 마지막 화의 마지막 장면에서 "오공이 있어서 즐거웠다." 대사 이후 나오는 노래였다. 'Dan Dan' 노래와 함께 〈드래곤볼〉의 시작부터 마지막까지의 장면들이 플래시백으로 화면에 지나갔다. 그 감동이 되살아 언제나 들을 때 반가우면서도 작별 인사 같아 마음이 뭉클한 노래가 'Dan Dan'이다. '아, 역시 오길 잘했다.'

3-2. 그저 빛인 성우님들

처음 방영되었던 〈드래곤볼〉의 캐릭터들의 목소리를 들을 때 가장 감동이 진하다. 앞으로는 들을 수 없는 목소리들이기에 그런 것인지도 모르겠다. 한국판은 어른들의 사정으로 성우가 여러 번 바뀌었다. 어느 날부터인가 자꾸 바뀌는 캐릭터들의 목소리가 왠지 슬퍼져서 이후로 한국판은 잘 보지 않게 되었다. 대신 중학교 시절부터는 성우가 웬만하면 바뀌지 않는 일본판을 챙겨 봤다. 처음엔 호기심으로 봤던 〈드래곤볼〉 일본판이 이제는 다른 감동으로 다가왔다. 내가 〈드래곤볼〉과 함께한 시간이 길어진 만큼 성우님들은 나이가 들었기에 앞으로 얼마나 더 이 목소리를 들을 수 있을지 모른다는 생각에 매 순간 반갑고 좋은 것인지 모르겠다.

21일, 〈드래곤볼〉 스페셜 게스트로 오셨던 노자와 마사코(손오공 성우) 님과 쿠사오 다케시(트랭크스 성우) 님은 늦어서 보지 못했고, 쿠사오 다케시 님의 행사도 끝나기 직전 멀리서 잠시 보고 끝난 것이 아쉽다 못해 슬펐다. 그래서 22일에는 1시간 정도 일찍 도착해 행사 무대로 갔다. 이미 행사 무대에는 많은 사람이 복작거리고 있었다. 서둘러 행사 무대에 섰다. 그동안 다녀온 어떤 행사의 추억 혹은 가지고 있는 어떤 물품이라도 노자와 마사코(손오공 성우) 님, 호시카와 료(베지터 성우) 님과의 시간이라면 기꺼이 바꿀 수 있을 것 같았다.

노자와 마사코 님이 "민나 겡키가?"[모두 잘 있었니?] 하고 인사를 하며 등장했다. 그 목소리가 들리는 순간 기뻐 눈물이 가득 차올랐다. 얼마나 설레는 마음으로 이 순간을 기다려 왔는지! '내가 성우님들을 영접했어!' 머릿속으로 끊임없이 역시 오길 잘했다며 과거의 나 자신을 한껏 칭찬했다. 사진과 영상을 찍으면 안 된다는 말에 두 눈에 두 분을 담으며 두 분의 말씀을 한 마디도 놓치지 않도록 메모를 했다. 많은 이야기 중에 '강함'에 관한 노자와 마사코 님(손오공 역)의 말씀이 특히 인상적이었다. "오공은 항상 수련한다. 그래서 강해지는 것이다." 노자와 마사코 님도 나와 비슷한 생각을 하고 계셨다는 것이 감동이었다. 호시카와 료님(베지터 역)은 오공이라는 목표가 있었기에 베지터가 항상 연습했던 것이고 그런 마음이 강함이 아닐까 하고 생각한다며 베지터에게는 그만큼 오공이라는 존재가 중요했다는 것을 말씀해 주셨다.

눈앞에서 코믹스 〈드래곤볼 : 슈퍼〉 7화를 연기하시는 성우님들의 모습을 보니 '아, 애니메이션을 하시지 않고 코믹스로만 영상이 나와도 너무 좋을 것 같다.' 하는 생각이 들었다. 30분의 시간이 10분인 것처럼 짧게 느껴져 아쉬웠지만, 행사에 와서 이렇게 행복한 기분과 감동을 느낀 적이 처음인 것 같다.

칠성구. 환영합니다. 덕후님들

1. 이런 일은 만화에서만 일어나는 줄 알았는데

소레이유 공원에서의 '드래곤볼 찾기'를 무사히 마치고 다시 오사카로 돌아가기 위해 요코하마 역으로 향했다. 역에서 맛있는 것을 먹을 생각을 하며 버스를 기다렸다. 그렇게 얼마나 기다렸을까? 한참 동안 버스는 오지 않았다. 나는 배가 고파 주변에 있는 마트에 갔다. 메론빵과 유부초밥을 골라 계산하며 직원분께 버스 시간을 물어봤다. "이쪽으로 오는 버스는 끝났어요. 내일 아침에 버스가 와요." 머릿속이 새하얘졌다. 버스가 끊겼다는 말이 믿기지 않았다. 분명 구글맵에는 버스가 있다고 나와 있었다. 몇 번이나 확인하고서야 나는 현실을 받아들였다. '왜 구글맵은 버스가 있다고 뜨는 거지? 오늘 노숙을 해야 하는 걸까? 아, 이럴 줄 알았으면 바지를 입고 오는 건데….' 수만 가지 생각들이 스쳐 지나갔다. 이 공원에 누울 벤치가 있었나 되새기며 노숙을 걱정하는 내가 안쓰러웠는지 주변에 있던 아주머니들이 택시를 불러줄지 물어보셨다.

택시비가 만만치 않겠지만, 오사카에는 돌아가야 하니 나는 "부탁합니다." 하고 대답했다. 그리고 두 손을 모으고 서서 전화를 하는 아주머니를 바라보았다. 전화를 마친 아주머니는 난감하다는 듯 이유는 알 수 없지만, 택시가 이쪽으로 오지 못한다고 말씀하셨다. '아, 역시 오늘은 노숙을 해야 하는 걸까? 그래도 외진 곳이라서 덜 창피하겠지? 살다 살다 내가 노숙을 해 보는구나.' 딱해 보였는지 옆에서 아주머니들끼리 여기저기 전화를 해 보시며 돌아갈 방법을 알아봐 주셨다. 그 모습에 감사함을 느꼈다. 전화를 하시던 한 아주머니가 미소를 지으며 전화를 끊으셨다. 그리곤 "조금 더 걸어가면 마지막 버스가 남아 있는데 그거라도 타고 가는 게 어때요?" 하며 지도로 위치를 알려주셨다.

친절한 마트 아주머니들의 도움으로 버스 정거장 위치를 안내받고 다시 길을 나섰다. 아주머니들의 모습이 사라지는 것을 보고 나니 배가 고팠다. 메론빵을 뜯어 한입 베어 먹었다. 그런데 순간 커다란 독수리 같은 새 한 마리가 날아왔다. 새는 순식간에 내가 들고 있던 메론 빵을 낚아채 갔다. 새가 내 빵을 가져가는 이 상황이 현실인 걸까? 잠시 '꿈을 꾸는 건가…?' 하고 멍하니 서 있었다. 겨우 정신을 차리고 내 메론빵이 어디로 가고 있는지 확인하기 위해 뒤를 돌아봤다. 때마침 지나온 주차장으로 추락하고 있는 내 메론빵…. 한 입밖에 먹지 못한 귀한 메론빵인데…. 이런 황당한 일은 만화 속에서 개그 요소로나 사용되는 일인 줄 알았는데 현실에서도 일어날 수 있는 일이구나 몸소 깨달은 날이었다.

새에게 메론빵을 빼앗기고 나니 그 이후부터는 보이지 않았던 엄청난 새들의 모습이 눈에 보이기 시작했다. 겁에 질린 채로 버스 정거장까지 갔다. 초밥을 먹으며 걸어가다가 또 새가 날아오면 어쩌나 겁이 나서 초밥을 다시 집어넣고 버스 정거장까지 갔다. 버스 정거장에 도착해서야 정거장 안에 있는 의자에 앉아 허겁지겁 유부초밥을 꺼내 먹었다. 그런데 그곳이 하필이면 바닷가 옆에 있는 버스 정거장이라 모기가 많았다. 새를 피해 왔더니 모기가 많았다. 유부초밥을 먹는 내내 모기한테 물려서 괴로웠다.

버스에서는 오직 어서 오사카에 가서 자고 싶다는 생각뿐이었다. 버스 창밖으로 점점 멀어지는 풍경에 돌아간다는 실감이 났다. 버스를 타고 신 요코하마 역에 도착해 신 오사카 역으로를 가기 위해 JR 열차 매표소에 갔다. 그러나 돌아온 대답은 이미 신 오사카까지 가는 열차는 운행이 끝났다는 것이었다. 나는 직감적으로 알았다. 편히 자긴 글렀다는 것을. 그런데 이상했다. '구글맵에는 열차가 온다고 떠 있는데 왜 끝났다는 거지?' 하고 핸드폰을 보여 주었다. 열차를 타러 매표소에 갈 때마다 JR패스권은 프리패스권처럼 든든했다. 그런데 구매한 JR패스권으로 모든 열차를 다 탈 수 있는 것은 아니었다. 그 사실을 이때 처음 알았다. 탈 수 있는 신칸센이 한정되어 있었다. 원한다면 편도 표를 끊을 수 있었다. 편도 값을 슬쩍 보니 십만 원이 넘는 가격이었다. 돈이 아까워서 살 수가 없었다. 다음 날 약속이 있어서 돌아가긴 해야 하는데 그 값을 치르고 가긴 싫었다. 그러다 오사카와 도쿄의 중간 지점인 나고야가 떠올랐다. 왠지 거기까지 가면 오사카까지 저렴하게 갈 수 있을 것 같은 느낌이 들었다. 내가 가지고 있는 JR패스권으로 갈 수 있는지 여쭤봤다. 다행히 나고야까지는 갈 수 있었다. 나고야에 도착한 후 야간 버스 정거장에 갔지만, 오사카로 향하는 버스는 없었다.

'아 이런… 결국은 노숙인가…?' 역 안에 있는 의자에 앉아 하룻밤 샐 작정으로 나고야 역에 들어갔다. 그런데 아무리 찾아봐도 역 안에 의자가 없었다. 자연스럽게 시선이 바닥으로 향했다. 잠자기엔 너무도 차가워 보였다. 다시 한 번 밖으로 나가 주변에 24시 카페가 있는지 두리번거렸으나 보이지 않았다. 그때 만화 카페가 보였다. 일본 첫 여행 때 잘못 들어갔던 성인 DVD 가게가 생각났다. 만화 카페에도 비슷한 느낌일 것 같았다. 무섭기도 하고 거부감도 들었다. 그렇다면 역 바닥에 앉아서 날을 샐 것인가… 한 번 가 볼 것인가.

바지를 입었다면 만화 카페에 가지 않았을 것이다. 그런데 하필 이날 '드래곤볼 찾기'에 참여한 모습을 예쁜 사진으로 남기고 싶어 원피스를 챙겨 입고 갔다. 결국, 추위를 견디지 못하고 만화 카페로 향했다. 조심스럽게 문을 열고 보니 생각했던 것만큼 위험해 보이지는 않았다. 카운터에 있는 직원이 의자만 있는 곳은 꽉 찼고 좌식 공간이 남아 있다고 말했다. 누워서 잘 수 있을 만큼은 아니었지만, 공간은 꽤 아늑하고 널찍했다. 바닥에 짐을 두고 작은 담요를 덮었다. 보일러 바닥은 아니지만 그래도 공원의 바닥도 지하철역의 바닥도 아닌 것에 감사하며 천 조각을 덮고 잠을 청했다.

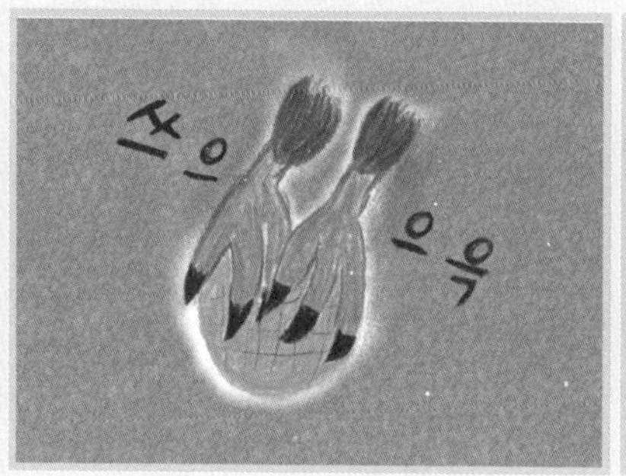
츠으
으윽

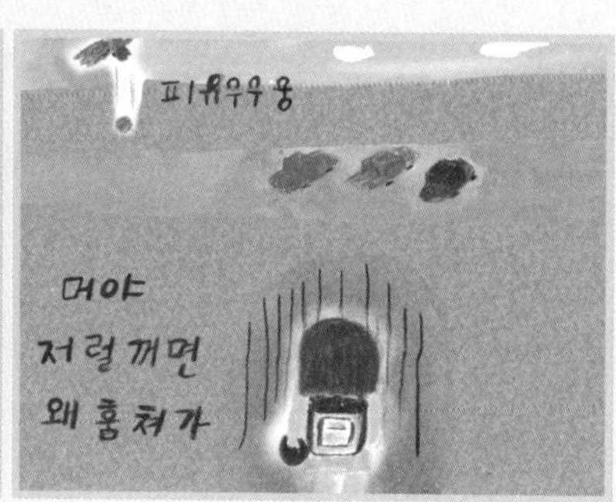
피휘우우웅
머야
저럴꺼면
왜 훔쳐가

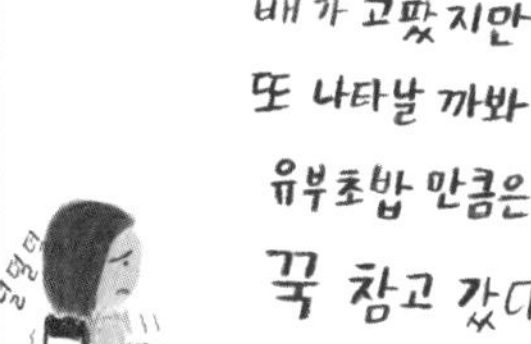
배가 고팠지만
또 나타날까봐
유부초밥 만큼은
꾹 참고 갔다.

정류장에는 새는 없었지만
모기가
많았다.

나고야 만화방
춥다

2. 나는 그저 '드래곤볼 전골'이 먹고 싶었을 뿐이었는데

'드래곤볼 전골'을 SNS에서 처음 봤을 때 '기회가 된다면 꼭 먹어 봐야겠다!' 하고 생각했다. 이 전골은 음식점에서 파는 메뉴이니 분명 맛있으리라. 전골에 들어가는 '드래곤볼 구슬'은 콜라겐으로 만들었다 했다. 콜라겐 반죽을 구슬의 형태로 만들고 별 모양 당근을 붙인 것일까? 혼자서 전골을 전부 먹기는 힘들겠지만, 현재까지도 꼭 먹어 보고 싶은 음식 1위는 '드래곤볼 전골'이다. 2016년 여행 중 가장 기대한 일정은 '드래곤볼 전골을 먹기'였다. 전골을 먹으러 나고야에 간다니 요즘 유행하는 맛집 순례 같지 않은가?

'드래곤볼 전골' 가게는 오후에 여는 가게였다. 이왕 여행 온 거 관광지도 다녀오자는 심리로 JR패스권으로 갈 수 있는 나고야의 명물, 게로 온천에 가기로 했다. 게로 온천은 일본의 3대 온천으로 유명한 곳이었다. 호텔을 예약하지 않아도 돈을 지불하면 호텔 안에 있는 온천을 즐길 수 있었다. 온천에 들렀다가 가게 오픈 시각에 맞춰 전골을 먹으러 가는 것이 여행 계획이었다.

도착한 게로 역의 하늘은 어두컴컴했다. 비까지 보슬보슬 오는 쌀쌀한 날씨가 온천을 즐기기 딱이었다. "어쩜 이렇게 운이 좋게 온천을 즐길 수 있는 날씨에 왔을까?" 기막힌 타이밍에 신이 나 '어떤 곳에 들어가야 온천을 더 즐길 수 있을까?' 생각하며 우산을 쓰고 호텔 하나하나 살펴보며 길을 올라갔다. 그때 마침 앞에서 한 무리의 관광객이 우르르 나왔다. '그래, 저기다! 저기로 가자!' 나는 얼른 들어갔다. 대중목욕탕처럼 아주 큰 온천을 상상했지만, 드라마 속 부잣집에 나오는 넓은 개인 목욕탕 같은 느낌이었다. 5분이라도 늦는다면 전골을 먹을 수 없다고 생각하니 마음은 이미 전골 가게에 가 있었다. 결국, 온천을 고른 시간보다 온천에 몸을 담그고 있었던 시간이 더 짧았다. 온천을 잠깐 찍고 온 느낌이랄까?

무사히 3시 30분 열차를 예약하고 의자에 앉아 열차를 기다렸다. 비가 내리고 바람도 꽤 부는 모습이 따뜻한 전골을 먹기 적격이었다. '아, 전골 먹기에 좋은 날씨네~' 열차가 오기를 기다렸다. 게로 온천 마을에서 나고야 역을 향해 달리는 열차 안에서 '드래곤볼 전골이 얼마나 맛이 있을까? 뻔한 맛이겠지만 먹으면서 뿌듯하겠지?' 하는 생각에 부풀어 있었다. 그런데 갑자기 열차가 멈춰 섰다.

기관사의 목소리가 담긴 안내 방송이 나왔다. 표준어로 천천히 이야기해야 겨우 말을 알아들을 수 있는 나의 일본어 실력으로 경어와 기계음이 섞인 안내 방송을 이해기는 불가능했다. 간단한 사고겠지 생각하고 눈을 감고 잠시 기다렸다.

그러기를 10분 정도 지났을까? 전철은 아직도 움직이지 않았다. 다시 한 번 방송이 나왔다. 앞의 안내 방송보다 긴 이야기였지만, 이번에도 제대로 알아듣지 못했다. 웅성거리는 사람들 틈에서 나만 상황을 알 수 없으니 답답했다. 나는 바로 옆에 앉은 초등학생 두 명과 부부, 그리고 성인 여성이 있는 가족에게 물어보았다. “저기… 무슨 일 있는 건가요?” 나의 어설픈 일본어를 듣고 외국인인 것을 눈치 챈 어머니로 보이는 분이 쉬운 일본어로 설명해 주셨다. “지금 비가 많이 와서 열차가 움직이지 못해요. 언제 출발할지도 모른다는 방송이에요.” 그렇게 얼마나 흘렀을까? 열차는 약간씩 움직였다가 다시 멈추기를 반복했다. 나는 직감적으로 ‘아 일본에서의 두 번째 고비인가?’ 하고 상황의 심각성을 알아챘다. 슬쩍 본 핸드폰 배터리는 20퍼센트. ‘아, 여기서 핸드폰 배터리까지 나가면 오늘 전골을 먹기는 완전 글렀구나.’ 생각이 들었다. 서둘러 듣고 있던 노래를 끄고 핸드폰 전원을 껐다. ‘이럴 줄 알았다면 책이라도 들고 올 것을 그랬나 보다.’

잠도 오지 않고 아무것도 못 하는 상황이 고역이었다. 그렇게 조금씩 움직여 열차는 기후 역에 도착했다. 잠시 내려 자판기에서 음료를 뽑아 먹으며 주변을 둘러보니 다들 열차 안에 있어서 몸이 찌뿌둥했는지 승객들 대부분이 밖에 나와 있었다. 담배를 피우는 사람, 자판기에서 음료를 사 먹는 사람, 스트레칭을 하는 사람, 즐겁게 뛰어다니는 어린이들이 보였다. 잠시 후 긴 안내 방송이 들려왔다. 방송 이후 갑자기 사람들이 부산스럽게 움직이는 모습에 '뭐지?' 싶어 당황한 나에게 좀 전에 대화를 나눴던 여성분이 설명해 주셨다.

"원래 열차를 타고 비가 멈추는 것을 기다리고 나고야 역으로 가는 것과 여기서 도카이도 노선으로 갈아타는 것 중에 선택하라는 안내 방송이에요." 그분의 배려에 타지에도 이렇게 나를 도와줄 사람이 있구나 싶어 마음이 한결 편해졌다. "감사합니다. 혹시 바꿔 타실 건가요?" 하고 물으니 그분은 고개를 저으면서 답했다. "아니요. 저희는 아이들이 있어서 열차에 계속 있을 거예요."

'배터리도 없는데 앉아서 기다릴까?' 시계를 보니 저녁 9시가 넘어 있었다. 지금 가 봤자 도착할 때쯤이면 슬슬 가게 문을 닫을 준비를 하고 있을 터였다. 하지만 혹시나 하는 마음에 포기하지 못했다. 안 가고 후회하느니 일단 가 보자는 생각으로 도카이도선에 발을 디뎠다. 그렇게 기후 역에서 나고야 역으로 그리고 다시 가게가 있는 나루코키타 역을 향해 갔다. 나루코키타 역에 도착함과 동시에 핸드폰 배터리도 바닥이 났다. 역에서 가게의 위치는 약 15분 거리였다. 가게 위치도 잘 모르는 상황이었지만, 일단 직진하다 보면 가게 비슷한 것이라도 나오지 않을까 싶어 무작정 걸었다. 가다 보니 깜깜한 길목에서 홀로 빛나고 있는 패밀리마트가 보였다. '저기 가서 도움을 얻을 수 있을까?' 주춤거리며 패밀리마트 안으로 들어갔다.

"저… '드래곤볼 전골' 먹으러 왔는데 혹시 가게가 어디 있는지 아시나요?"

"'드래곤볼 전골'이요? 처음 듣습니다만."

특이한 메뉴를 팔고 있어서 지역에서 유명한 가게인 줄 알았는데 그건 아닌 모양이었다. "저… 죄송합니다. 한국에서 '드래곤볼 전골'을 먹으려고 왔는데 핸드폰 배터리가 죽어서(방전이라는 일본어를 몰라서 죽었다고 표현했다.) 혹시 (핸드폰 선을 가리키며) 가능할까요? 부탁합니다." 아는 단어를 총동원해 손짓으로 사정을 설명했다. "아~ 잠시만요. 이쪽으로 오세요." 다행히 눈치껏 내 말을 알아들은 직원분은 가게의 전자레인지 코드를 빼

주셨다. "지금은 사용하는 사람이 없으니까 충전하세요." 친절한 미소를 지으며 전자레인지를 옮겨 주는 그분의 모습에 너무나 감사했다. 잠시 후 핸드폰이 켜지고 구글맵에 검색해 카메라로 사진을 찍었다.

핸드폰 배터리가 5퍼센트가 되었을 때, 패밀리마트를 나와 다시 가게를 찾았다. 주택가인 듯한 길목을 지나지 거리는 점점 더 어두워졌다. 10분도 안 되는 거리에 가게가 있다는 알고 나니 멈출 수가 없었다. 그런데 한참을 걸어도 가게는 보이지 않았다. 다리가 아파 멈춰 서 주변을 둘러봤다. 가로등 외에 불이 켜진 곳은 없었다. 암흑뿐이었다. 이제 포기할 때임을 받아들이고 다시 핸드폰을 켜 시간을 확인했다. 12시 반이었다. '그만 돌아가자.' 마음이 편치 않았지만, 너무도 지친 상태였다. 그러나 돌아가는 길도 쉽지 않았다. 이리저리 들어온 골목을 다시 되짚어 돌아가려니 막막했다. 새벽 1시가 다 된 시각, 역 주변도 아닌 주택가에 택시가 다닐 확률은 거의 없었다.

'일단 큰길로 가 보자 큰길로 가면 택시가 지나가겠지.'

움직이려던 찰나, 택시의 불빛이 보였다. 나도 모르게 팔을 들었다. 어디든 택시를 잡으려면 팔부터 들면 되는가 보다. 운 좋게도 바로 택시를 탈 수 있었다.

의아한 표정으로 기사님이 반문하셨다.

기사님께 오늘 기차 연착과 끝내 먹지 못한 전골의 슬픈 이야기를 전했다. 대화하다 보니 기분이 한결 나아졌다. 택시 기사님의 말을 들어 보니 게로 온천 쪽뿐만 아니라 나고야에도 비가 많이 내려서 오후 6시 정도까지 일을 하지 못했다고 한다. 한국 트로트 가수를 좋아하신다는 기사님. 나는 우리나라 트로트 가수에 관해선 잘 몰랐지만, 한류를 사랑하는 택시 기사님을 만나 나고야까지 가는 내내 편안했던 것 같다.

택시 비용은 전골값만큼 나왔다. 먹지 않았으나 먹은 기분이었다. 나고야 역에서 도쿄로 가는 첫 신칸센을 타기 전까지 어딘가에 들어가 있을 요량으로 전에 갔던 만화 카페에 갔다. 그러나 갑작스러운 자연재해 때문인지 만화 카페에는 자리가 없었다. 주변에 있는 다른 만화 카페도 가 봤지만 마찬가지였다. 그렇게 정처 없이 시간이 될 때까지 나고야를 배회할 생각으로 돌아다니고 있는데 24시간 카페 겸 음식점인 Denny's 가게를 발견했다. 다행히 빈 테이블이 있어서 자리를 잡고 멜론 빙수를 주문했다. 멜론 빙수가 먹고 싶었다기보다는 그저 '저는 이 테이블에 그냥 앉아 있는 것이 아니에요. 전 주문했습니다. 오해하지 말아 주세요.' 하는 메시지를 남기고 싶어서 눈에 띄는 것을 주문했다. 빙수엔 손도 대지 않은 채 피곤한 몸을 테이블에 기대고 앉아 시간이 되기를 기다렸다.

시간이 되어 나고야 역 매표소로 가 첫 차의 줄을 섰다. 차례를 기다리고 있는데 뒤에서 누군가 말을 걸었다. "어? 어제 그… 우리 옆에 있던 분 아니세요?" 바로 어제 열차에서 안내 방송에 관해 설명해 주셨던 고마운 분이었다. 사정을 들으니 그분은 어린 자녀들이 있어서 열차에 남았고 열차에서 담요를 제공해 주어 열차에서 잤다고 한다. 전날 겪은 일들이 하나씩 떠오르면서 허망했다. '나는 무엇 때문에 그렇게 고생하고 돈까지 쓴 걸까?' 그러나 어제로 돌아간대도 나는 같은 선택을 했을 것이다. 전골은 먹지 못했지만, 돈 주고도 못 할 경험을 했다. 비 때문에 기차가 멈추고 핸드폰 배터리도 얼마 남지 않은 상황에서 끝까지 포기하지 않고 가게 근처까지 찾아간 내가 웃기기도 했다. 다시 떠올려 보니 위기 순간마다 운 좋게 고마운 분들을 만난 것 같아 이번 경험이 특별하게 느껴졌다. 하지만 이날 이후 콘셉트 음식만큼은 전부 먹어 보겠다던 생각이 바뀌었다.

'콘셉트 음식! 먹으면 좋지만 안 먹어도 괜찮은 것으로!'

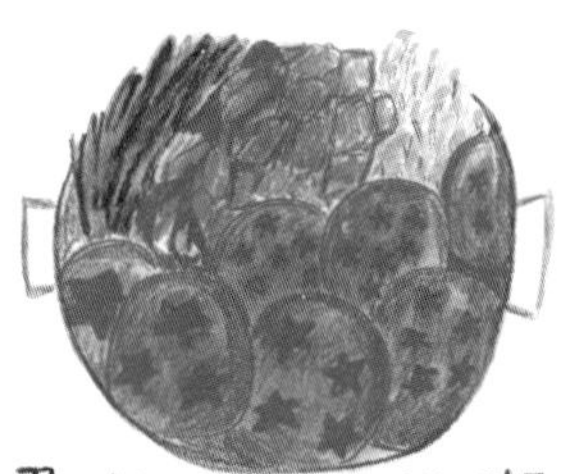

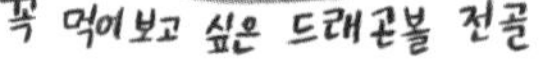

꼭 먹어보고 싶은 드래곤볼 전골

3. 새해에 받는 '드래곤볼'

외국에서 보내는 설날이었다. 아침부터 친척들을 만나고 산소도 가야 했던 한국과는 다르게 너무도 여유로운 아침이었다. 어색하기도 하고 한편으론 적적했다. 그래도 이날은 모처럼 타케루와 쿄헤이를 만나기로 한 날이었다. 설날에 친구들을 만난다니 그야말로 '잉여로운' 생활이라 할 수 있지 않은가? 자유를 만끽하는 것 같아 마음이 들떴다. 친구들과의 약속은 대부분 오후 3시 이후로 잡는데 그전까지 집에서 방콕을 즐길 수 있기 때문이다. 모처럼 설날이니 한국에서 들고 온 가래떡을 라면에 넣어 먹을까 하다가 한국에서 들고 온 라면이 아까워 편의점에서 카레 라면을 사 왔다. 카레 라면과 떡의 색다른 조합은 그 맛이 상상도 잘 안 되었지만, 새해니까 새로움을 추구하고 싶었다. 맛이 없으리라 생각하고 먹어서일까 예상보다 맛있었다.

친구들을 만나기 전에 친구들에게 사용할 일본어를 한 번씩 읽어 보고 연습도 해봤다. 친구들을 만나러 가는 길은 괜히 마음이 들뜬다. 게다가 일본 음식점을 추천해 준다고 예약까지 했다 하니 맛있는 음식을 먹을 생각에 더 기뻤다. 도착한 신주쿠 역은 언제나 그렇듯 많은 사람으로 부산스러웠다. 자주 와도 어디가 어디인지 헷갈리고 출구를 찾을 수가 없다. 시간 맞춰 신주쿠에 왔지만, 약속 장소를 찾아가지 못하고 있었다. 한참을 같은 곳을 빙빙 돌다 결국은 주변 사진을 찍어 단체 채팅방에 보냈다.

'애들아 나 좀 데리러 와 줘~.'

타케루와 쿄헤이와 함께 간 음식점은 80~90년대 분위기가 나는 가게였다. 예스러운 그림들과 간식들 그리고 흘러나오는 노래들은 〈짱구는 못 말려〉의 '어른 제국의 역습'에 나왔을 법한 노래가 흘러나왔다. 천장에 있는 만국기의 모습에 나도 모르게 한국 국기를 찾고 있었다. 외국에서 보는 한국 국기가 왠지 더 반가웠다.

메뉴판을 물끄러미 봤다. 그림이 없는 메뉴판이었다. 한자와 히라가나가 섞여 있어 더 보기 어려웠다. 더듬더듬 읽긴 해도 어떤 음식인지 감이 안 온다.

난 항상 내가 먹을 메뉴 선택을 일본 친구들에게 요구했다.

"너희에게 맡길게 추천해 줘."

그렇게 먹은 추천 음식들은 하나같이 맛있었다. 밥에 가쓰오부시가 올려져 있는 메뉴에 친구가 소스를 따로 뿌려 준 것을 한입 먹었는데 맛있었다. 그야말로 일본의 간장 계란밥이었다. 다음 메뉴를 보던 친구가 갑자기 어떤 메뉴를 보며 웃었다.

[illegible]

[illegible]

[illegible]

[illegible]

그렇게 개구리 튀김을 먹게 됐다. TV에서 '나 때는 말야~ 개구리도 먹었다고~' 하고 말로나 들어 봤던 것을 실제로 먹어 보다니 긴장되면서도 설렜다. 대망의 개구리 튀김이 나왔다. 언뜻 보기엔 치킨 같았다. 맛도 개구리라고 말하지 않았다면 이상한 맛의 치킨쯤으로나 생각했을 법하다. 옛 분위기 나는 가게에서는 친구들이 어릴 때 급식으로 먹었다던 빵도 팔았다. 초등학교 급식 빵이라 그런지 설탕이 듬뿍 들어간 모양이었다. 달디단 빵을 먹으니 우유 한 잔이 금세 사라졌다. '아이들에게 우유를 먹이기 위해서 만든 빵인가?' 타케루와 쿄헤이 둘이 다른 초등학교를 나왔는데도 추억이 깃든 우유와 빵이 같다니 신기했다. 마지막으로 여성에게만 주는 아이스크림을 받았다. 친구들하고 갔는데 나만 여성이라서 나에게만 주었다. 왠지 특별대우를 받는 기분. 이런 서비스라면 언제든 환영이었다.

"흠흠, 이거 선물이야."

선물이라며 타케루가 내민 것은 〈드래곤볼〉 작가 토리야마 아키라님의 만화 제작 단계의 영상이 담긴 DVD와 《점프류》 창간호01이었다. 《점프류》는 《소년점프》로 대표되는 '슈에이사' 소속 작가들의 작업 비밀을 알아보자는 콘셉트로 2016년 1월 창간되어 2주에 한 번씩 발행되는 격주 잡지다. 'DVD+매거진'의 구성이며 매호 작가를 선정해 한 면에 작가의 원고 작업과 현장의 모습을 실었다. 1호는 점프 대표작가인 토리야마 아키라님 특집이었다. 〈드래곤볼〉을 보고 내가 생각나 나왔을 때 구매했다는 말에 두말하지 않고 기쁘게 받았다. 이렇게 날 생각해 주는 친구가 있다는 게 감사했다. 게다가 일본에서 친구들을 만나니 더 반가웠다.

4. 선두 먹고 건강해지자!

손오공이 위기에 처하면 언제나 먹던 선두. 〈드래곤볼〉 하면 떠오르는 것 중 하나는 선두다. 몸이 아플 때마다 '선두 같은 약이 있었으면….' 했던 시절도 있었다. 선두는 콩과 비슷하게 생겼지만, 콩보다는 좀 더 크다. 선두를 먹으면 건강해질 것 같았다. 일본에 와서 처음 본 선두 상자는 왠지 이름만 선두라 써 놓은 것 같았다. 마케팅에 당하는 것 같았지만, '그래도 한 번 정도는 먹어 봐야지?' 하고 큰맘 먹고 샀다. 상자를 뜯어보니 안에는 오공의 일행이 들고 다니는 주머니가 들어 있었다. '처음부터 이 주머니의 모습이었다면 고민하지 않고 샀을 텐데….' 주머니 안에는 땅콩보다는 좀 더 큰 크기의 연두색의 선두가 있었다.

"오와! 만화에서 나온 모습이랑 똑같잖아?"

선두를 한 알 먹어 봤다. 그저 콩 맛일 뿐이지만 왠지 모르게 기운이 나는 것 같다. 여행하는 동안 주머니에 선두를 넣어 친구들을 만날 때마다 "건강해지자!" 하며 선두를 하나씩 건넸다. 친구들이 모두 오공처럼 건강해지기를…!

5. 4성구 케이크

애니의 나라 일본. 여행하다 필요한 것이 있어 편의점에 들르면 콜라보 상품이 꼭 하나씩은 진열돼 있었다. 한국에서 〈드래곤볼〉 행사를 알게 되는 경로는 SNS다. 그때 행사 외에도 간혹 편의점에서 콜라보 상품이 나올 때도 있다. 기간이 잘 맞는다면 콜라보 상품을 구매할 수도 있었다. '음식은 먹으면 좋지만 안 먹어도 괜찮다.' 이 생각을 늘 염두에 두었지만, 그래도 나도 모르게 찾게 된다. 찾다 보면 오기가 생긴다. 4성구 케이크가 그 경우다. 지금은 우리나라도 편의점 사업이 발달해 특정 상품이 해당 편의점의 명물로 자리 잡아 인기를 누리는 일도 파다하지만, 그땐 그런 상품이 있을 수 있다는 사실도 알지 못했다. 그래서 일본 어느 편의점에나 '4성구 케이크'가 있으리라 생각하고는 여행 기간 내내 편의점이 보일 때마다 들어가서 '4성구 케이크'를 찾아봤다.

케이크는 끝내 찾지 못했다. 그렇게 타케루, 쿄헤이와 만나기로 한 날이 되었다. 타케루가 회사에서 늦게 끝난다는 연락을 받고 쿄헤이를 먼저 만났다.

'드래곤볼 케이크' 사진을 쿄헤이에게 보여 주었다.

쿄헤이는 사진을 보고 깜짝 놀랐다.

얼마나 찾았을까?

어떤 상품을 특정 편의점에서만 팔 수도 있음을 이때 알았다. 타케루가 늦게 온 덕에 먹고 싶었던 4성구 케이크도 먹을 수 있었다.

6. 도박이란 위험한 것을 알게 해 준 인형 뽑기

'도박에 빠지면 집안이 망한다.' 뭔가에 빠지면 계속 생각나고 헤어 나올 수 없다는 것을 알게 해 준 인형 뽑기. 나는 게임은 무슨 종류가 되었건 전부 못 한다. 그래서 아예 관심을 가지지 않거나, 간단한 핸드폰 게임만 하는 편이다. 어학당에 다니던 시절 한국에 돌아오기 2주 전이었다. 슬슬 일본 생활을 마무리하던 시기, 같은 반 준영이와 볼링 내기를 했다. 볼링 게임값 내기는 나의 승리였다. 기분 좋게 볼링장에서 나와 바로 앞에 있던 인형 뽑기 센터에 들어갔다.

"아, 볼링비 안 냈으니까 피규어 좀 뽑아 볼까?"

이때 내 기분은 한없이 들떠 있었다. 뭐든지 잘될 것 같은 기분. 그래서 셀 피규어 상자가 아슬아슬하게 출구에 걸쳐져 있는 뽑기 기계에 돈을 넣었다. 한두 번만 하면 셀 피규어 상자가 내 손에 들어올 것 같았다. 한 번, 두 번 살짝 들렸다가 다시 떨어지기를 반복했다. 갖고 있던 동전은 다 썼다.

"그만해 슬슬, 돈 탕진하겠다."

"아냐, 이번만 하면 될 것 같아. 잠깐만 돈 좀 바꿔 올게!"

그날 갖고 있던 6천 엔을 다 쓰고도 결국 뽑지 못했다. 한 번 인형 뽑기를 하고 난 후, 머릿속에서 '아, 좀만 더하면 뽑을 것 같았는데 아쉽네.' 하는 생각이 떠나지 않았다. 더 이상 상품의 종류는 중요하지 않았다. 이제는 뽑아 보는 것이 중요했다. 한국으로 가기 전까지 아껴 쓰던 생활비는 매일 지나가는 길에 인형 뽑기를 시도하다 전부 써 버렸다. 만 엔이 조금 넘는 돈을 쓰고도 하나도 뽑지 못했다면 너무나 서러웠겠지만, 다행히 작은 피규어 두 개를 운 좋게 뽑았다. 뽑고 나니 더 하고 싶었다. 멈출 수 없는 유혹이었다. 이제는 뽑는 것도 중요하지 않다. 멈출 수 없었다. 영영 인형 뽑기에서 헤어 나오지 못할 것 같던 상황은 웃픈 한 사건으로 종결됐다. 마지막으로 간 아키하바라에서 내가 만 엔을 들여 뽑은 피규어와 같은 것은 500엔에 팔고 있었다. 피규어들의 가격을 보고 나니 머리가 멍해졌다.

"아~ 내가 뭔 짓을 한 거지…. 그 돈으로 더 많은 피규어를 구매할 수 있었을 텐데…."

이때의 허망함으로 인해 나는 인형 뽑기 중독에서 벗어날 수 있었다. 차라리 돈 주고 사자.

7. '드래곤볼 카페'

일본에서 늘 불만이었던 것 중 하나가 다른 콜라보 카페는 많은데 인기 만화 〈드래곤볼〉 콜라보 카페만 없느냐는 것이었다. 그러던 어느 날 '드래곤볼 카페' 소식이 올라왔다! 당시 외국에 있었던 나는 바로 갈 수 없었지만, 다음에 일본에 가면 카페에 꼭 가 보리라 다짐을 했었다. 그리고 2018년 8월 일본을 가게 되었다. 숙소에 짐을 맡기고 '드래곤볼 카페'가 있다는 오모테산도 역으로 향했다. 그런데 이벤트가 생각보다 빨리 끝나버려 끝내 문이 닫힌 카페만 보고 돌아왔다. 사실 이미 카페가 문을 닫았을 것이라는 짐작은 하고 갔었다. 이미 사이트에 종료라는 한자가 있었으니 말이다. 그래도 '아냐. 내가 일본어를 잘 모르는 걸 거야. 이 종료는 도쿄에 있는 카페 종료가 아닐 거야.'라고 합리화를 하며 굳이 찾아갔던 것이었다. 그래서 그런지 충격이라기보다는 담담했다. 다음 카페는 부디 오래오래 진행하는 이벤트이기를 기원한다.

〈드래곤볼〉을 좋아한 지 20년이 넘었지만, 사람들과 소통하기 보다는 다른 팬들의 모습을 카페, SNS를 통해서 보기만 한다. 서로 다른 의견으로 다투는 모습, 2차 창작물의 불법유통 문제로 힘들어하는 모습…. 좋아했던 그림 작가님이 탈덕하는 모습을 SNS로 봤을 때는 마음이 좋지 않았다. 하지만 SNS를 통해서 보면 모두 TV 속 연예인의 일 같아서 화도 슬픔도 과하게 와닿지는 않았다.

좋아하는 마음은 언젠가 끝이 난다고 생각한다. 그 끝이 언제인지는 모르지만, 그 선택은 오롯이 내가 내리고 싶다. 혹시 다른 팬들과 소통하다 좋지 않은 일을 겪어 타인에 의해서 〈드래곤볼〉을 좋아하는 마음이 줄어들게 될까 봐 겁이 났다. 그래서 〈드래곤볼〉 덕질만큼은 SNS에 숨덕으로 공개하고 최대한 다른 팬들과의 교류도 자제했다. 가끔은 누군가와 소통하고 싶을 때도 있다. 그럴 때마다 '오래 좋아하기 위해서는 숨덕으로 지내야 한다.' 하는 생각을 되새긴다. 그리고 그 마음을 커뮤니티 대신 개인 블로그에 —가끔은 SNS에— 털어놓는다. 원래는 태그를 달지 않은 사진을 주로 올렸는데 요즘은 영상도 가끔 올린다.

〈드래곤볼〉 팬이라면 이름만 들어도 아는 유명한 팬분들도 있다. 〈드래곤볼〉을 깊이 생각하고 의견을 말씀해 주는 분들, 애니메이터까지 분석해 주시는 분들, 그동안 나왔던 거의 모든 피규어를 다 모으신 분들까지…. 오래된 만화인 만큼 올드팬이 많이 있다. 그분들이 올려두신 글을 보고 '오! 이런 것도 있구나. 이렇게도 생각할 수 있구나?' 하며 배우기도 한다. 애초에 분석에 취약해 직접 만화를 분석하기보다는 다른 팬분들이 올려두신 분석 글을 즐겨 읽는 편이다. ―언제나 다른 팬들의 글과 동영상을 즐겨보면서 기쁨을 얻고 있습니다. 감사합니다.―

원고를 쓰고 출판을 준비하며 그분들과 비교해 팬 활동도 적고 오랜 시간 숨덕으로 지내온 내가 책을 낸다는 것이 민망하면서도 그동안 하지 못했던 소통의 즐거움을 알 것 같았다. 시간과 돈은 충분하지 않아 모든 이벤트를 참여할 수 없었다. 언제나 이 행사가 마지막일지도 모른다는 생각으로 가야 한다는 확신이 드는 이벤트들을 다녀왔다. 1996년 애니메이션이 끝나, 거의 〈드래곤볼〉 관련 행사는 가물에 콩 나듯 했다. 딱히 '매년 행사에 가야지,' 하는 생각으로 간 것이 아니라서 어렴풋이 몇 번 다녀왔지 하고 가늠하는 정도였는데, 이번 책을 쓰면서 보니 거의 일년에 한 번꼴로 다녀온 것을 보고 놀랐다. 남들과 교류하지 않는 만큼 혼자만의 기록에 집중했는데 그 덕을 본 셈이었다.

여행을 추억하다 보면 '와 이때 위험했었잖아?' 싶었던 일들도 있다. '드래곤볼 여행'을 할 때마다 좋은 기억이 더해졌던 것은 어려움에 처했을 때마다 다정하고 친절한 사람들을 만났기 때문이다. 여행의 기간 동안 만난 사람들 덕에 그동안의 여행이 하나같이 좋은 기억으로 남을 수 있었다. 만났던 분들에게 덕분에 좋은 여행이었다고, 감사하다고 말하고 싶다.

소소한 사진들을 많이 찍은 덕분에 기회를 얻었지만, 글로 표현하는 데 서툴러서 걱정이 많았다. 그림이 없었다면 이 기회를 놓치고 말았으리라. 삽입할 그림을 그릴 수 있도록 가르침을 주었던 만나 뵈었던 선생님들께 감사함을 전한다. 그리고 포기하고 싶을 때마다 격려해 주시고 기다려주신 출판사분들께도 고마운 마음을 남기고 싶다.

누군가가 이 책을 읽고 공감과 추억의 회상 그리고 〈드래곤볼〉의 매력을 느껴 팬이 된다면 정말 기쁠 것 같다. 나의 기록으로 인해 〈드래곤볼〉이 더 많은 이들에게, 더 오랫동안 사랑받을 수 있길 바라 본다….

참고사이트

제이월드

https://bandainamco-am.co.jp/tp/j-world/

유니버셜

http://www.usj.co.jp/jump/dragonball/summer2016/

www.usj.co.jp/jump

스파크

http://www.akaboo.jp/neo/event/p0153.html#tn3=0/0

천하쟁탈전 (2019)

http://www.youyou.co.jp/only/db/index.html

2016 리얼게임

https://www.takarush.jp/promo/DB/soleil/

2019 5월 리얼게임 사이트

https://realdgame.jp/dragonballsuper/

jr 스탬프랠리

http://www.jreast.co.jp/dragonball-rally/rule.html

메트로

https://www.tokyometro.jp/news/images_h/59031a21309241e46bdb39716cb5fa59.pdf

점프전

shonenjump-ten.com

스티커

https://bside-label.com/shop

스핀오프 뉴스

https://av.watch.impress.co.jp/docs/news/1151042.html

*드래곤볼 SSSS(Saikyo Super Saiyan Secret) : http://db30th.com/

〈드래곤볼〉 30주년을 기념하여 만들어진 사이트다. 〈드래곤볼〉 관련 뉴스와 공식 정사로 인정받은 〈드래곤볼〉 연대기가 정리되어 있다.

저지

둠둠

학창 시절엔 숨덕[1]이었다. 2014년 캐나다에서 일본인 친구 유카를 만난 것을 계기로, 덕질[2] 후크의 재미를 처음으로 깨달았다. 하지만 한국에서는 매체에서 만들어낸 '십덕후[3]'라는 신조어 때문에 '덕후[4]'의 이미지가 좋지 않았던 때였다. 저자도 십덕후로 오해받을까 염려되어 덕질을 자제하고 있었지만!! 2015년 〈드래곤볼 : 부활의 F〉를 본 이후, 용솟음치는 덕심을 주체하지 못하고 후불감을 떨다가 정신을 차리고 보니 그야말로 재미있는 인생을 살아가는 '덕후'가 되어있었다. 덕질을 못마땅해하던 동생 윤미 또한 이무렇지 않게 아니, 오히려 긍정적으로 내 '덕심'을 받아들여 주어 저자의 본격적인 '덕밍아웃[5]'이 시작되었다.

---

1 숨어서 덕질하는 덕후.

2 덕후 활동을 나타내는 말. 명사 '덕후'에 접사 '-질'이 결합한 말로 덕후로서의 일이나 행동을 일컫는다.

3 덕후 중에서도 심하게 자신의 취미에 몰두하는 사람을 오덕후라고 하는데 '십덕후'는 오덕후를 넘어서 병적으로 덕질에 집착하는 사람을 말한다. 한때 TV 프로그램 〈화성인 바이러스〉에 출현한 십덕후로 인해 덕후의 이미지가 큰 타격을 입었다. 이후 오타쿠를 속되게 이르는 말로 쓰였으나, 요즘은 키덜트 문화가 확대되면서 조금씩 긍정적인 이미지를 주는 단어로 인식이 변화하고 있다.

4 일본어 오타쿠에서 우리나라 말로 변화된 말. 자기가 좋아하는 분야에 몰두하는 사람을 의미한다.

5 오덕과 커밍아웃을 합친 말. 자신의 취향을 주변인에게 공개하는 행동이다.